李潼
作品集

再見天人菊

李潼⊙著
閒雲野鶴⊙圖

祝願別來無恙（自序）

1.

兩位朋友在離別時約定：二十年後的某月某日，同來某個地點相見。

這樣的約定，必然是他們預見了此去一別的相見不易，於是，才需要許下一個承諾，存藏在心中一處最溫暖的角落，讓各自高遠的未來旅途，放一條線索；好比那紙鳶的線頭，讓所有遠走高飛，都有一個深情的回顧。

這樣的約定，會不會成爲友誼的牽絆？會不會成爲人生旅途的束縛？

不說是「珍惜當下、隨緣聚散」才叫灑脫？才能對應「無常人生」？

友誼的惦念，除了溫暖，有時更有鼓舞的作用。尤其「二十年後再見」的約定如一盞燈，閃爍在人生旅途的前方；爲了赴約，爲了去向那盞友誼之燈，剪芯添油，我們至少得養身保健，才能走得去，去和老友握手、擊掌、摟肩和擁抱。老友相逢互道的「好久不見」，儘管友情深厚，憂喜都包容，但我們總願自己有喜事分享；即便乏善可陳，也不願有太多的悲苦沈重，讓老友分擔。於是，再次相見前的這二十年間，總得再加把勁，再努力點，創造更多的喜樂成功，以做爲明日分享的資糧。

「二十年，回想起來恍如一瞬間。再細想，卻又是萬水千山的綿綿長路，橫在眼前，任誰也連綴不起。」這是回想的感受。

若眺望未來的二十年，在滿懷信心的確定中，恐怕還有更大部分的不確定；在清楚的短程願景之後，是更大一片未知的可能，交織成的茫白：那是由紅、綠、黃、橙、藍、靛、紫的生活之光，融匯而成的生命的白光。

想想「別來無恙」這起碼的要求，居然也是愈想愈沒把握，其他的變化萬端，更在把握之外。但創造機會以「期待再相逢」的熱切，和「我會準時赴約」的信念，往往也能突破險阻、排除困難，讓「二十年，回想起來恍如一瞬間」，讓「萬水千山的綿綿長路」走來毫不孤單，讓年少的許諾成眞。

2.

兩位朋友的久別重逢，如此不易，七名國中時代的同學，和老師相約在二十年後的相聚，又會增加幾多的變化？而每一件細微的變化，都足以讓這願望化爲泡影。

中國儒家推崇「淡如水」的交友之道；因這樣的友朋往來，可減少摩擦，不生怨責；可脫卸牽罣，不生煩惱；可保持距離，以策安全。

但做爲一個凡夫俗子，一個有愛有怨的性情中人，他對友誼的麗日和風或黯月驟雨也不排斥，甚至將友誼的波瀾起伏當做是一種享受；相對於「淡如水」，它的高潮迭起，顯然有勁得多。

和任何感情一樣，友誼也需要經營。明知別後重逢大不易的七位少年男女，立下二十年後再見的約定，是否也是「經營友誼的一百種方法」之一？

七位少年，七種不同的個性：激動、穩重、蠻橫、羞怯、自信、自卑和善體人意，他們共度的少年時光，怎會是「淡如水」？

所有最當眞的誤解、最激烈的衝突、最無求的關切、最出人意表的轉變及最無私的寬諒，儘管曾生成嫉妒的濃煙或僵凍的冰雪，但友誼的摩擦，有時也會擦出智慧之光，摩出怡人的溫熱。這樣的冷熱交攻、酸甜融合的滋味，眞像一杯「火燒檸檬甘蔗冰」，嚐過一口，難以忘懷。

二十年後重逢的種種變化裡，除了堅貞的友誼引人向前，「七個人究竟會變成什麼樣」的好奇，也是催人赴約的一大動力吧？

3.《再見天人菊》脫稿於一九八五年，第二年獲得第十三屆洪建全兒童文學獎中篇少年小說首獎，又一年，由洪建全文教基金會所屬的書評書目出版社首次出版問世。

因洪建全文教基金會的經營策略改變，在一九九〇年將版權歸還給我。這期間，《再見天人菊》接連獲得中華民國兒童文學學會主辦第一屆金龍獎優良圖書獎、第一屆楊喚兒童文學獎及行政院新聞局頒贈的優良歌詞創作獎，全文選入中國安徽少年出版社出版的《台灣兒童文學選集》（洪汛濤主編）。

《再見天人菊》於一九九三年二月交由自立晚報社文化出版部做二度發行。在一九九七年六月三十日出版契約終止前，事實上，該出版社因營運方針大幅變動，《再見天人菊》在書店上架的機會並不多。

一本書，在十年間也遭逢了這麼多可預測或意料之外的變動，作者和讀者間的信諾維繫，眞是岌岌可危。儘管如此，仍有大小讀者能從老字號書店的角落，找到《再見天人菊》，或從爸爸的朋友的書架抽出這本書；各大專院校的學生，則多半從兒童文學教授的個人研究室，將它借出來影印。我在不同的場合，則仍陸續接到他們的讀後回饋，聽到他們慷慨給予的，不算太壞的感受。

這回，《再見天人菊》第三次換了出版社，也換了新頭面，裡裡外外又是一番新氣象，希望新讀者不覺得這故事有半點過時，而老讀者與它久別重逢，都能說：「別來無恙」。

目次

作家與作品

【第一章】

還記得二十年前的約定嗎？

船舷甲板微微顫抖，船尾的螺旋槳，打起嘩嘩的水聲；我搭乘的台澎輪，就要離開高雄碼頭，航向我的家鄉了。

我倚靠欄杆，向四方望去：清早的陽光，剛剛越過山坳，清亮溫柔，一束束地和船尾泛起的海煙交揉在一起。眨眼間，在港面升起一座天橋似的彩虹，而我們的輪船轉身，正從它底下穿越而過。

遠處，森林般聳立的樓房、近處的高雄碼頭倉庫和旗津島的燈塔，都在旋轉著向後退去。繫泊港中的巨輪，聽見我們啓航的汽笛嗚嗚響起，也悠悠醒來了，它們被波動的湧浪搖晃著，彷彿伸懶腰、打呵欠，全是睡意未消的模樣。

我凝視漸去漸遠的碼頭，飽吸一口腥鹹氣味的海煙，不禁大笑起來！

二十年前，當我離開澎湖馬公港，站在甲板眺望家鄉的景色，不也是同樣的感覺嗎？微微暈眩，而思潮起伏，眼見的一切，都向四方退去；是陸地在動盪，是家鄉逐漸遠離我。直等到輪船駛出港灣，船笛再度悠揚響起，陸地不見了，海浪洶湧地拍擊船舷，我心頭一驚，才知道，遠離它的是自己呵。

多年以後，我選擇同樣的方式回去我的家鄉，因為，我曾是那樣一海浬一海浬地離開，離開六十四座島嶼聚集成的群島，我要再一海浬一海浬地接近它：虎井嶼、八罩島、花嶼、桶盤嶼……讓它們靜默地在馬公港外看著我，看我這個永遠的澎湖子弟又回來了。

飛機的速度太快，它們看不清我，舒適的機艙不能平復我的緊張，只有船舷邊的海風，才能吹乾我冒汗的手心，才能讓群島慢慢將我看個明白。

二十年前的約定，會有幾個人記得？

歲月在每個人身上穿過，我們都長大了、成熟了、變胖或變瘦。縱然，我們的眉目神情如舊，但思想觀念不會改變嗎？那曾經有過的情誼，加進了時間的酵素，會淡薄，還是更濃？

二十年，回想起來恍如一瞬間。再細想，卻又是萬水千山的綿綿長路，橫在眼前，任誰也連綴不起。我搖頭苦笑，自問：

我回來了，這個我不能忘記的日子，是否別人也一樣記得？葉英三和陳湘貞應該記得牢牢地。

小瘦子林賓呢？

阿潘和含羞草該不會忘了吧？

還有吳春華呢？

七個夥伴，是否別來無恙？那些個汗水和淚水交融成的情誼，會不會被歲月風乾？再見面，是什麼樣的光景？回答我的疑問的，還是恍惑。

我們都已步入中年，而「姊夫」更在中年之外了。

這約定是他親口提出來，用他琅琅的聲音，說道：「二十年後，八月中秋的夜晚，當月亮高掛在西台古堡的半空，請大家回來這裡見面，」他說：「回來的人，我都替他準備一份禮物。請各位多自珍重，常保平安。」

少年的我們，忙不迭猜測「姊夫」將會準備什麼禮物？「姊夫」笑而不語，讓我們去瞎猜。他又說：「誰都不必害羞；不管你事業有成，還是不如意，沒忘記的人都該回來。這陶藝工作室永遠不上鎖，只要你開門，就能進來，莫忘記呀。」

我聆聽著海潮聲，彷彿又站在那個沙灘上。

陶藝工作就要結束了，惜別晚會的營火，燃燒得旺盛。我們站著、坐著、走動著，笑語在營火上跳動，似乎誰也不懂什麼叫離別。

身材矮壯的「姊夫」，站在一塊硓砧石上，背後是家鄉盛產的木麻黃防風林和濃密的銀合歡。

檸檬黃的月光和閃動的營火，輝映在他臉上，「姊夫」眉梢上那道疤痕隱約可見，而他昂揚又眞誠的神情，卻讓我想到，以後能不能再遇見這麼好的老師，在學習的路上點撥我？我想著，春華他們是不是也和我一樣，爲「姊姊」感到惋惜呢？

「我一定會記得，」葉英三最先開口，大聲說：「而且，二十年內再見面，誰都不要提這件事，看看誰忘了？」

春華和含羞草到營火上的大鍋撈起落花生，熱騰騰地端過來。春華剝些帶殼花生給我，問道：「這些落花生是特別煮來歡送你的。你會記得今天的約定嗎？」

林賓搶著代我回答，他說：「眼鏡會記得，他最重感情，也很喜歡收禮物！」

陣陣笑聲，飛掠過營火，向我撲來，那一排排映照著紅光、被海風拂動的木麻黃，這時竟也起鬨似地笑彎了腰。

阿潘忽然站起來，對著月亮，高唱他的改編名曲「大海淌水」。

這時，月亮高掛在漁翁島的西台古堡上，照著我們平靜的澎湖灣，一座座平口陶壺般的島嶼環繞著，也被海上的明月照亮了。

唱著，唱著，我心裡難過，拾起枝椏通一通營火的灰燼。隨著飛竄騰升的火星，我仰望夜空，彷彿有一頂墨藍色的玻璃天蓋，也在我們頭頂熠熠發光。

大家是否都記得，是否，我的老友都別來無恙？

「姊夫」那樣慎重許諾，他究竟準備了什麼禮物呢？

船身一陣搖晃顫抖，我趕緊抓住欄杆，驚慌張望。驟起的浪花，沖上甲板，把我半身都潑濕了，船周布滿捲邊的浪花，翻騰旋轉，一霎時視野茫茫，只覺得船身點頭起伏，讓人暈眩欲嘔。

一位面孔黝黑的老人拉住我手臂，說：「少年的莫站在這裏，到船中去躲一躲。你們外地人不知厲害，我們這黑水溝會捲人的。」

船中有幾張固定的鐵椅，我們坐下。

「你不知道，這裡的海底最深，風浪最兇惡，有兩道潮流在這裡匯合啦。不過，一刻鐘就過去了。會暈船嗎？我一看就知道是來我們澎湖遊覽的觀光客！」

「阿伯，我也是澎湖人，剛從加拿大回來。」

「少年人愛説笑！」他仔細打量我，翻開我的手掌摸了摸：「眞實?掌心細綿綿，又戴眼鏡，這種斯文打扮，眞的是我們澎湖人，嗯?」老伯敲敲椅背，指右側一座島嶼，又說：「要騙我也沒這麼簡單。我問你，那個島叫什麼名字?」

船過黑水溝，海景又清明了，我一眼認出來：「前面的是將軍嶼，後面的是八罩島。」

一群海鳥從漁翁燈塔掠過，輕俏地朝著輪船的方向飛來。老伯又問：「這群是什麼鳥，你認識嗎?」

我扶正鏡框，抬頭仰望：「白眉燕鷗!住在貓嶼的。」

「厲害，統統答對，一百分。」老伯拍掌大笑：「澎湖子弟能像你這樣，就及格了，你是回家過中秋?」

聽老伯粗瘂的嗓音和爽朗的笑聲，再看迎接我的島嶼、燈塔和海鳥，我知道，我已經回家了。

雖然，我的家人都已離開澎湖，但這樣緩緩靠近的心情，讓我一口回答老伯：「是的，我要回家。」

【第二章】

你許了什麼水果願？

馬公港換了另一種光景。

一幢十二層的大樓，在正午的陽光下聳立著，天后宮的瓦頂翻新了，衣著光鮮的人們在高大的旅運大樓前走動。要不是碼頭上一塊字牌寫著「歡迎光臨澎湖」，我眞不相信靠泊的是馬公港。

一位身材矮胖的中年人，急急跑出旅運大樓，站在碼頭上，他的手掌擱在額頭，向著輪船張望。這動作好熟悉！

船頭一名水手甩動著繩球，擲向碼頭，叫道：「幫幫忙，拖一拖！」

那身材矮胖的中年人，趕緊拾起繩球，拖著麻索套在碼頭的纜樁上，還三兩次抬起頭，往扶梯口的旅客尋找。他的眼神，好熟悉，是少年時代的鄰居嗎？還是隔壁班的同學？

我提起帶來的一簍紅芒果，走在隊伍末後，只覺得心絃緊繃，而四肢卻微微瘓軟；啊！就要踏上家鄉的土地了。

那矮胖的中年人看見我，跳起半尺高，又在碼頭上奔跑，拚命揮手，跑到扶梯口要上船。旅客正在下船，他擠不上扶梯，只好跑到纜樁上揮手。這時，我才發現他身旁跟著一個六、七歲的小男孩，拉著他褲管，著急叫道：「爸爸，這樣很危險啦。」

他索性又把小男孩也抱上纜樁，教他一齊向我招手。

「陳亦雄！眼鏡——」

他大叫我名字，用那種全馬公都可以聽得很清楚的嗓門叫著。我不知如何回答他，一驚慌，紅芒果的竹簍被扶梯欄杆勾住，進不得，退不得。那矮胖中年人牽著小男孩已經跑到梯口，搶了我的芒果，一掌捶得我踉蹌倒退。「眼鏡！我猜得沒錯，你會記得，你會搭今天的船回來。我帶兒子來接你。」他看我還在納悶，又是一掌捶我肩膀，「不認得了？」他雙手扠腰，看來更壯更胖，叫道：「我是小瘦子林賓，阿賓啦——」

是林賓？怎麼全走樣了？簡直換了一個人，無限量地橫向發展，像個瘦瘪瘪的氣球被吹脹了嘛！我們互相打量著，退後一步，把對方看個仔細，大笑狂笑。我笑得不得不趕緊扶住眼鏡，兩人緊緊一抱，好像比摔角，要把對方的骨頭一把抱碎。

「不准笑我，我越忙越胖，腰上套了『救生圈』，沒辦法。」林賓抱起他的兒子，喊我叔叔。看仔細，眞是林賓少年時的縮影，小鼻子，大眼睛，黑亮皮膚，見了誰也不怯生。他看著簍裏的紅芒果，說：「你的芒果不好吃！」

「你怎麼知道？」

「你沒給我吃。」他皺起小鼻子，回頭又問他爸爸：「我說的對不對？」

「對，小寶，你要小心，他是我們班長，會記名字的。」林賓抱住兒子大笑，「眼鏡，你的記性眞好，還眞把芒果帶來。你別說，讓我想想，二十年前的歡送會，誰許什麼水果願。這紅芒果是『姊夫』和吳春華想吃的；含羞草想學楊貴妃，一口氣吃三百顆荔枝；阿潘說他作夢都夢到吃蓮霧，我呢？我許什麼願？」

「誰知道！」我跟著他們父子倆笑了。

「我是澎湖公共汽車最資深的司機，你不知道我們澎湖也有公共汽車了吧？」林賓說：「今天，我特地調了兩點的班，專程接你，接你去『姊夫』的陶藝工作室。乘客上上下下，你就把它當作是專車吧。」他又大笑，笑得滿臉通紅，身上的肥肉也顫抖不停。

「其他人都來了嗎？」

「沒看到。離『月亮高掛在西台古堡上』的時間還早。我想，每個人到齊，恐怕不太可能。」

「你常和他們見面？」

「哪有？」林賓帶我走向大街。兩旁的藝品店、相片沖印公司和理髮店的櫥窗，布置得光鮮亮麗，我好像走在台北市的街頭。他說：「今天早上還看罔惜到菜市場來辦菜；她開了一家自助餐店，當老闆娘了。前兩年看到阿潘在電視上唱歌，過年時回來一次，這陣子又不見了。」

「『姊夫』呢？還有英三他們？」

「急什麼？該來的都會來，見面不就知道了？」

「你有沒有提醒罔惜，今天晚上要見面？」

「要人這樣叨叨念，還有誠意？我故意不說，就要試試她！這個老闆娘，像一陣風在菜市場打轉，我看，八成是忘了。」

林賓的身材變了，脾氣還是老樣子。他帶我到圓弧造型的公共汽車站，正好接上兩點的班。車站裏三個蒙面的婦女看見我們走來，叫道：「阿賓呀！以爲你又醉倒，不來開車了。」

林賓搖頭苦笑：「這樣洩我的氣！就那麼一百零一次，跟我消遣了幾年，」又問我：「你知道她們是誰？從前隔壁班的翠花、豔金和美玲那三朵花，天天搭我的車子去採海芙蓉、串珊瑚項鍊。在車上，我懶得理她們，省麻煩。」

林賓的兒子鄭重告訴我：「我爸爸現在已經不喝酒了，我媽媽不准，那些阿姨亂講。」

林賓樂得把兒子抱上車，叮嚀他：「說前面那句就行了，後面的不要說。」

我忍不住笑起來：「到校門前讓我下車。」

「你不直接到『姊夫』家？」

「我想先回學校走一走，天黑後再過去。校門前還有一大片天人菊嗎？」

「天人菊？哦，」林賓一拍駕駛盤，汽車開動了，他說：「開得滿滿一地都是。每次我開車經過，也會多看一眼，在那裡下車也好。」

【第三章】

我就是那個大壞蛋！

這樣放眼都是黃花的坡地，在別處，我也曾見過幾回：阿姆斯特丹那一片望不盡的鬱金香，中南美洲一座長滿銅鈴花的大草原，都比這片天人菊花壇嬌艷而遼闊，但是這片天人菊的坡地，有我少年的腳印，這裏的菊花聽過我成長的笑聲，泥土的深處存藏著我們的淚水，哪一處能比得上？它是我心中最美的一塊花壇。

我在校門口下車，蹲下來，觀望這片我夢見多次的坡地。

我的鄉人習慣蹲下來談天，蹲下來吃東西，蹲下來做生意，每次我們來到天人菊坡地，也習慣這樣蹲下來，看強勁海風颳得天人菊搖頭晃腦。別人說天人菊沒有香味，我們卻聞得出千萬朵天人菊散發出的特殊氣味——一絲絲茶香加些燒乾草的煙氣和海風淡淡的腥味，攪拌在一起，便是天人菊的花香了。

天人菊依舊。我好像一個迷途的旅人，走了好遠的路，總算找到自已認定的路標，放寬了心。更讓我驚奇的是，三五頭黃牛優閒地在坡地上吃草，牠們緩慢地踱步，伸長頸子挑草吃，尾巴的長毛甩動著。背景是平頂的群島，平靜的海，情景和二十年前一樣。一時，我不知道這情景是複製的，還是我又回到了少年時光？

那年，我們是十五歲的少年。

美國的「測量員三號」降落月球表面的第二天下午，我和林賓被地理老師趕出教室。

書包還留在教室裏，我在窗外站著，聽見地理老師大罵全班同學：「你們這是什麼班？選這種班長！公然侮辱師長，教我太痛心了！」

不久，林賓也出來，晃盪著兩個書包。

我們頭也沒回地往前走，踢著泥塊，沒說一句話，直走出校門。

我再也不能忍受地理老師那種譏訕的口吻，他不只一次這樣說了：「我喝過的井水，都很甘甜，只有澎湖這地方的水是鹹的；煮菜湯不必放鹽，煮絲瓜變成苦瓜湯，因爲，這裏的水也有苦味。」說著，他自顧大笑起來，「你們這裏的風，還會搶人的鈔票哩。有一次我上街，逛了一大圈，買不到一點好吃的東西，到處都是賣魚乾的，難道我買魚乾回房裏配你們的鹹開水吃？我只好買一斤落花生，哪知道才把鈔票掏出口袋，就被你們特產的東北季風搶走了。這是什麼地方，你們說氣不氣人？唯一的花生也吃不成。」

同學們跟著他呵呵笑。他又說：「你們大概沒有看過非洲的電影。那種白天會熱死人，晚上會把人凍僵的地方，偏偏還住了一大堆人，傻哦，就像我一樣，好好的台灣不待，跑來澎湖吃苦。別笑，你們也跟我差不多。」他愈說愈起勁，拿教鞭打自己的手心，「古人說的有道理，

『天將降大任於斯人也；必先苦其心志，勞其筋骨，餓其體膚，空乏其身。』以後，我們大概都會成爲偉人！」

同學們又跟著地理老師拍桌大笑。我忍不住，站起來，大喝一聲：「笑什麼？」同學們訕訕地看著我。地理老師也吃了一驚，他背靠黑板，偏頭望著我，嘴角的笑意一寸寸收起來。

「老師，請問你的家鄉從來不颳風、不打雷嗎？」

「問我這個幹什麼？」

我聽見自己的心跳像博浪鼓「咚咚」地敲著。想起他說「澎湖人的身上都有一股魚腥味，所以走路的時候，後面才會跟著一群貓」，我不禁氣得發抖，結結巴巴地說不上來，只能叫道：「你的家鄉是天堂嗎？」

同學們偷偷笑著。我拍桌大叫：「不要笑！」

「拍桌子?以前的老師是這樣教的嗎?你還是班長咧。」地理老師發火了，走下講台，「告訴大家，我家鄉氣候四季皆宜人，稻米、水果樣樣有，你想得出來的它都有。」

「老師，你爲什麼還要留在我們澎湖呢?」林賓問道。

「……」地理老師一時啞口，半晌才說:「這是你問的嗎?我是在講地理，說的都是事實。林賓，你站起來。」

「老師，你把我們澎湖說得一無是處。」

全班同學交頭接耳，議論紛紛，他們聽見這句話，沒人敢再發笑了。

「我有這個意思嗎?陳亦雄!」

我看著老師，不回答。

「好，你聽不下去，就不要上我的課。出去!你們兩個都出去。」

我和林賓越過馬路，來到這長滿天人菊的坡地。

我們蹲下來，看見三五頭黃牛在坡地上漫步，看天人菊在入春仍殘留的東北季風裡，吹得搖頭晃腦。我一顆心像懸浮在藍天下的白雲，藍天這樣寬廣，雲卻懸浮得有些慌張。

地理老師對澎湖的譏笑，都不如他最後說的那句話：「我說的都是事實。」我不得不承認：

我們的水是鹹的，也眞有些苦澀的味道。

我們的土地貧瘠，眞的長不出豐富的農作物。

東北季風一颳半年，就算城牆似的木麻黃和硓砧石也阻擋不住呀。

我們身上有魚腥味，是呀，以海爲生的海島子弟，誰不沾些它的氣味？就連我們的頭髮和指尖，也有魚乾的羶腥。

就像個被收走了斗篷和短劍的鬥牛士，在衆目睽睽的場中，赫然發覺自己赤手空拳。一顆心被傷悲和尷尬托上了半空，上不得、下不得，我只有哀哀地蹲下，恨澎湖！

我不知還有什麼話可以說，手指撩撥著天人菊，順手摘它一朵。我兩指一夾，沒有拔起，換了整個手掌握住，用力！天人菊卻還牢牢箝住乾瘠的黃泥地。我心頭一震，雙眼也亮了。

林賓移靠過來，看仔細，伸手來幫我，好似拔蘿蔔。兩人再費勁，整株天人菊竟連根拔起；它的主根斷在深土裡，細細的鬚根卻抓起一把黃土！我們兩人仰身跌坐在坡地，驚奇的，居然都笑了。

整株天人菊在我手上，撒了我一頭一臉的黃土屑。

「這種花，眞奇怪，小小一棵，有這麼深的根。」

天人菊在我們澎湖綿密地生長；花生田外、墳墓旁，四處都見到它們。我從小看慣了，它們又長得這麼低矮，就像環繞在我們四周的海水，澎湖人哪會特別留意？總以爲它們是與生俱來，無時無地不在的。

阿賓領著我繼續往前走，來到黃牛旁，一人挑一頭，跨坐上去。我們把天人菊掛在牛角上，黃牛溫馴地讓我們擺布，在天人菊的坡地，忽而向東，忽而向西地走著。

「你爸爸還說要搬家嗎？」林賓問我。

黃牛背上的短毛，搔著我的小腿肚，說不上刺痛，倒有些發癢。我輕拍牛背，點頭。

「你要轉學了？」林賓又問。

「我爸爸在台北開了一家珊瑚公司，他先去，等一切安頓好，我們才搬。」

「哦，我們澎湖好像天天有人搬家，有一天會搬光，空房子都變成鳥舍，變成海鳥一樂園，」林賓的手指在牛背上畫圈圈，遠望澎湖灣寶藍色的海水，瘦小的身軀隨著牛步起伏，他說：「其實，地理老師也不是亂說的，我們這個『鳥不生蛋』的地方，誰愛留下來？澎湖人都搬光了，外地人還留得住嗎？只有像我家這種人，搬不走，留著喝鹹水、吹東北風。」

林賓那個愛喝酒的爸爸，在他小學六年級時，翻船失蹤。他媽媽天天到海邊撿珠螺，撿小貝殼串成項鍊，在退潮的澎湖灣拾海菜，林賓能讀初中，是我們老師說情說來的。我爲他擔心，他媽媽要是知道他被老師趕出教室，不知會氣成什麼樣？我問林賓，他搖頭：「我也不知道，你呢？」

「會要我去道歉，」我跳下黃牛背，甩頭，說：「我才不去！就算他說的全是事實，他也不該這樣說，他看不起我們澎湖。」

下課的鐘聲噹噹響起，我和林賓回頭望去。不久，校門口跑出來幾個人，東張西望。林賓說：「吳春華、含羞草、阿潘，還有『姊姊』！他們把『姊姊』叫來了。」

阿潘叫我們的名字，才叫一聲就被春華拉住。他們四個人朝著天人菊坡地跑來，不知「姊姊」對他們說些什麼，一群人忽然排成一路縱隊，慢步走。

我和阿賓靠著一頭黃牛，低頭看著滿地天人菊。他們走過來了，阿潘、春華和罔惜站在「姊姊」身後。「姊姊」看我們不說話，她說了：「賞花？」

我和阿賓聽清楚了，說我們賞花？我們不禁噗哧笑出聲。

「大家在教室裡挨罵，你們出來騎牛賞花、看海納涼？會享福哦。」「姊姊」偏臉看我和阿賓，很認眞地研究我們兩人。

聽「姊姊」這麼一說，阿潘他們也忍不住跟我們大笑特笑，笑得嗆氣咳嗽，笑得我好想哭。

「姊姊」是我們的導師，她來我們學校教書才兩年。我敢說，她是我們全班最喜歡的老師，除了比較愛哭，什麼都好。我們都喜歡看她在生活週記上寫的「導師評語」，有誰比「姊姊」更了解我們？

上學期的班際足球賽，我們踢贏衛冕的三甲，大家高興得抱頭痛哭，「姊姊」的棉衣，被我們的汗水和淚水抹得像一塊桌布。她率領女生爲所有「足球英雄」倒茶水，大家坐在足球門中央，她帶頭大叫：「乾杯！」

「都是老師領導有方，我們才能這麼勇猛、這麼團結，眞的。」林賓說得非常正式、非常當眞。

喊加油喊得嗓子都破了的女生，淚漣漣地說：「老師，請不要離開我們，你是我們最敬愛的老師。」

「誰說要離開你們了？」「姊姊」紅著臉，抓攏被海風吹亂的頭髮，笑說：「你們都是我的小弟小妹，我就像你們的大姊姊，就像一家人，誰說我要離開？」

從此之後，我們在背後都喊她「姊姊」。

消息傳得很快，我和阿賓被趕出教室的事，一小時後就轟動了全校。

那天，放學路上，我知道整個路隊的人都在看我。我裝作沒看見，不理他們，卻越走越快，直到被一個大個子攔住，才發覺領先隊伍一大段。

「聽說地理老師被你訓了一頓？看不出你這麼厲害。」站在我面前的人岔開雙腿，還抖著，他說：「他在我們班上也說了好幾次，我想糾正他，但是不敢，你替我出了一口氣。來，握一個怎麼樣？不認識我嗎？」他好像在齒縫裡咬一根牙籤，用扁扁的聲音說話。

我沒心情理他，跨步又走去，這人卻追上來。

「班長也是人當的，對不對？握一個，不會弄髒你的手，不會把你帶壞，放心！」他伸手，兩腿岔得更開，硬擋住去路，「你眞的不認識我？我就是那些沒膽的人在背後叫我大壞蛋的那個。」

我想起來了，這人叫葉英三。看他胸前的名字，果然沒錯。上學期模範生競選，他是隔壁班的助選員，站在自備的木板魚箱上，一手扠腰，一手握拳，每次開講，場場爆滿。我落選後，吳春華和林賓恨死了他，說選票都是被他拉走的。

「你們導師到坡地找你們，我看到了。她跟你講什麼？我想知道。」葉英三說道：「聽說她為人不錯，我要知道她怎麼處理。」

「你管得太多了吧？」我繞過他，邁步走，「她說，這麼一大片的天人菊，只有我們澎湖有，雖然土乾水少，風這麼強，天人菊還是長得好。明天早上，她要陪我們去見地理老師。」

「什麼？」他直愣愣看著我，似乎還聽不懂我的話，「然後呢？有沒有說要記你一個大過？這樣就沒事了！」

「你覺得不過癮嗎？」

「赫，不是假的，這個班長厲害，換我就『走路』了！」葉英三的鼻孔噴氣，說道：「你們導師不是假的，難怪我們工藝老師那麼愛她。」

「誰？」

「班長還不知道？他每次看到你們導師，眼睛就放電！放電！」葉英三的一雙亂爪在眼前比舞，又說：「要放電也不好好放，要放不放的，我看他也是一個膽小鬼。這人就是陶培嘉，看起來有點性格，你們導師要是被他電到，算她福氣大。」

陶老師也教我們班的工藝，這件事，我們怎麼不知？

「全校每個人的舉動，你都很注意吧？看誰對你不順眼，看誰跟誰怎麼樣，聽誰在說你大壞蛋，沒錯吧？」

「你這個眼鏡書生膽子很大哦，沒有人敢跟我講這種話，你是第一個。」葉英三抿嘴笑著，仰頭看天，腳尖將一垛泥塊壓碎，說：「我沒看走眼，你在足球賽時，技術很差，但是很神勇，你今天的表現有水準，算個好漢，我想和你交朋友。」

「本來就是同學。」

「這不一樣，」他很認眞地說：「我不想叫你班長，我不拍馬屁，不叫那種有的沒的，我要叫你『眼鏡』。」

我想著陶老師對我們「姊姊」發動愛情攻勢的事，很奇妙，有些擔心，又有些高興。陶老師是個「點子」很多的人，一把木麻黃的針葉、一堆沙和一些貝殼，到他手裡沒多久，就被他做成一件件好看的「作品」。

葉英三說他「很性格」，不知道是不是因為他的話不多，喜歡對著窗戶，對著一棵樹、一頭牛，對著任何東西凝視的神情而來？認眞想想，其實，陶老師也滿受我們歡迎的。

他的身材不高，甚至稍稍矮了一點，女生都說他是小巧玲瓏型的人。對了！他喜歡穿棉布衫，這和我們「姊姊」倒很相配，該不會是受「姊姊」的影響吧？

他也愛穿黑色的功夫鞋，雖然有些怪，但還不如他那一頭亂髮讓人看了不舒服。他怎不梳得服貼些？葉英三說他「很性格」，大概是看上他粗梗梗、亂蓬蓬的頭髮吧？

「陶老師最近常到坡地挖土，玩泥土，正在砌一座大灶，準備燒什麼罐子啦、茶壺啦。前幾天還把我找去，說要教我。嘿，爲什麼光找我一個？」葉英三說道：「眼鏡，我是壞學生，和我交朋友是很危險的，你可以考慮三天。」

那天，我們第一次交手，同走了一段長長的泥路，那樣摻雜了火藥味和尋找朋友的怪異談話，只屬於狂傲又心虛的青春少年嗎？

這樣一個人，在二十年後，會是什麼模樣呢？

【第四章】

請來參加陶藝工作

我拔起一朵天人菊，插在紅芒果的竹簍上，起身往校門走去。像個第一次上學的孩子，興奮裡有更多的惶恐。

明知中秋節放假，校園裡空盪盪，只有幾隻土狗走動，我卻步步小心，好像下一步，轉過一個走廊，便會赫然看見自己的年少，和二十年前的自己，撞個滿懷。

土狗跟著我，一間間教室去巡視。三排教室，一間都沒有減少，似乎也看不出老舊，只是屋角的稜線被風沙吹得圓滑了，走廊方正的石柱磨成了圓柱。我回到我們的教室，貼著窗玻璃探看，換新了黑板擦拭得乾乾淨淨，黑板邊寫著中心德目：勤儉。值日生：陳進通、林滿載（大頭載）。

特別註明大頭載，該不是兩個同名同姓的人在一班？我笑了，值日生的姓名不能擦去，還要格外清楚，要不，明天一早會有一場爭執。

我那靠窗的座位，不知坐了什麼樣的少年？大概也戴眼鏡，才選了光線最明亮的窗邊，這窗縫總是關不緊，細沙迂迴地鑽進來，擦也擦不完，他大概也有這煩惱吧。

窗外的木麻黃，二十年不老也不長，靠東北的一邊光禿禿，樹頂像留小平頭的少年，被風削得整齊，長到屋簷便停了。

有一次童軍課，我們就在木麻黃下野炊。

春華和罔惜當大廚，男生被派去提水、撿樹枝，熱鬧地忙起來。

春華和「姊姊」一樣，都是吳家莊的人。吳家莊的女孩，在我們澎湖是出名地能幹，那是一個男主內、女主外的村莊，田裡的耕種，都由那些蒙面的女人操作。那裡的女孩是不嫁出去的，只能招贅。春華不蒙面，還是個很能幹的女生，洗菜、切菜、爆香料、炒米粉，動作俐落得教我們看花了眼；她一手扠腰、一手嘗鹹淡的姿勢，就像個大師傅。在我們班，她當服務股長，連林賓都得乖乖聽她發號施令，不敢打折扣！

罔惜相反是個內向的人，不說話，只是默默地做事，我們都說她比躲在木麻黃裡的麻雀還膽小，和她說話，音量要降低，要不，她會被嚇哭。她總是咬指甲，低垂著雙眼，不敢正眼看人，多半微聳右肩，髮梢掛在肩上，像隨時提防誰會打她似的；我們叫她含羞草，碰不得的。但是，很奇怪，當她做起事來，除了春華，再也沒人比得過。

大家端著便當盒的鋁蓋，排排坐，在窗外的木麻黃樹下吃炒米粉，說著談著，我把陶老師看上我們「姊姊」的事向大家透露。

每個人都停下來，塞了一嘴的米粉，好像被燙傷舌頭，張開嘴巴，等待散熱。

「等等，我想想看……」春華站起來，叫大家安靜：「我相信！原來是陶老師，我見過兩次，原來是他。兩次都是天黑以後，天冷得不得了，我們村口的幾隻狗叫得好厲害……」
「怎麼跟恐怖電影一樣。」阿潘擠過來，弄得大家渾身發癢，咯咯笑不停。
「有個人影就在我們村口晃來晃去，手電筒一閃一閃的，差不多三分鐘，我看得很清楚，是我們『姊姊』出來了，兩次都一樣，講不到一分鐘，『姊姊』就回頭走。」
「這麼快！談戀愛哪裡有這麼快的？」林賓問道。
「我也覺得奇怪。那個人好像被『三振』一樣，在我們村口發了一陣呆，才走。那麼冷的天氣，拿著手電筒來找人，還被『三振』，那時候，我覺得他好可憐，我功課都寫不下去。沒想到，竟然是我們的陶老師。」
「在學校就可以找了，爲什麼要天黑才去？他也眞奇怪。」

「阿潘，你不懂不要講，學校裏，人那麼多，怎麼談？」吳春華又說：「我想，陶老師一定太害羞，我們應該鼓勵他，繼續加油。他為人很好，要是和我們『姊姊』結婚，就是我們的『姊夫』了。」

我們稱陶老師為「姊夫」，就是從那天的野炊開始的。

就在那天下午，廣播器裏一連叫了七個大名——我排第一，接著是吳春華、林賓、林罔惜、潘定國、葉英三和陳湘貞。播音的人正是我們的「姊夫」——陶老師。

「太快了！」春華大吃一驚，叫道：「誰洩漏祕密？哪個多嘴的人，這種事也跑去告訴他？」

葉英三和陳湘貞從隔壁班跑來，一臉驚疑：「我不是跟你們同黨的呀，眼鏡，誰拖我下水？你們這些好學生，不要裝乖害人。」

找我和林賓，可能是被趕出教室那件事。找阿潘和含羞草又為什麼？要是爲了和「姊姊」湊合的事，找吳春華和最先透露消息的葉英三也夠了，幹麼又找林賓和陳湘貞？

一行人吵吵鬧鬧、嘀嘀咕咕往訓導處走，直到訓導處門口才停下來。

「姊夫」早在門口等著，二話不說，招招手，帶我們走過操場，沿著圍牆，經過焚化爐，到了小側門。我們七個人走得太近了，老是有人被踩到腳後跟，跌跌撞撞，卻沒人敢出聲。

「姊夫」的雙手插在褲袋裏，站在側門中間。他踮了踮腳跟，一頭粗硬的黑髮很不安分地怒放，額下一對眼睛卻略含笑意，他說：「大家爲什麼這麼緊張？」

罔惜咬著指甲；葉英三的兩個大拇指勾在腰帶上，背靠圍牆，低頭吊眼看著大家；林賓把手指關節扳得喀喀響……。我們像一群等著法官判刑的共犯，刑還沒判，卻走了長長一段路，來到黃沙地的圍牆邊，莫非要直接槍斃？心中像纏著一團魚線，找不到線頭，不好受。

「姊夫」轉頭看向背後，問道：「大家知道我住的地方嗎？」

越過他的肩頭，是一片丘陵地。乾黃的土地像凝固的波浪，一排排的硓砧石擋風牆，恰似防波堤，遠處兩幢一高一低、一大一小的瓦頂平房，好比風帆，結伴落錨。是那兩幢房子嗎？怎麼樣？

「我有一間陶藝工作室，就在我住的房子邊，那間大一點的。」

「姊夫」的雙手在胸前打個結，他說：「我自製的那座陶窯，這兩天就可以落成，我打算邀你們七位加入我的陶藝工作，嘗試陶藝創作，希望大家都有興趣。」

「就這樣嗎？」春華問道。

「你們的手很靈活，又有巧思，工藝成績雖然不是最高的，但是我看得出來，有潛力。」

「就這樣嗎？」春華又問。

「姊夫」露齒笑了，摸摸下巴，盯著春華和我們：「大家緊張什麼？」

「沒有別的事嗎？」

「還有什麼事？」

這時，大家才鬆了一口氣，相互看著，傻笑。

有一次工藝課，「姊夫」教我們捏泥巴；滿地的碎土掃了三天才掃乾淨。大家捏菸灰缸、茶杯、小泥偶……奇形怪狀，見也沒見過。「姊夫」來教室參觀，看見一桌一地的泥巴，看大家抹得一手一臉的泥粉，只好搖頭苦笑。

那些「作品」被「姊夫」放在黑板頂上的橫木上，並肩而坐，一副準備長期展出的架式。我們那些未經窯燒的大作，偏偏不爭氣，一星期後，一個個風乾迸裂。林賓捏摳的那座泥偶人，首先發難，在「姊姊」上課時，摔得粉碎；地理課時，一個茶杯和一個「無題」的造型，又相繼墜落。老師們得到消息，每次在講臺上，個個心神不寧，終於忍受不了，一聲令下，結束展出。

我的手藝哪稱得上「好」？林賓比起我也半斤八兩，認眞挑選，只有春華和罔惜夠資格再深造，不知道「姊夫」依什麼標準看上其他人？

葉英三靠著圍牆不動，眼角寫著不耐煩，他終於開口：「我說過不想來，爲什麼又找我？這種囉哩叭嗦的事，我從來沒興趣，要是……」

和他同班的陳湘貞，猛抬頭，兩道眼光射向他，葉英三還眞聽話，收口沒再說下去。

「那座窯還沒完全做好。誰比你的力氣大？正好幫我忙。你願意幫我完成這座窯？」

葉英三不說話。「姊夫」於是問我們：「有誰已決定參加這陶藝工作的？」

沈默片刻，春華答應了，她用手肘頂我！我只好說「試試看」。「姊夫」和我握手，我才伸出去，彷彿就被門縫夾住一般，不禁「呀」地一聲大叫，一群人閃開來，「姊夫」訕訕說道：「很抱歉，我的手勁太大了。」

「做陶藝有什麼用？」阿潘問道。

「……」「姊夫」想了片刻，才回答：「從陶藝工作的採土、揉土、拉坯和成型到上釉、窯燒、作品完成，是非常有趣的過程，在實質上和精神上一定會有收穫。」

捏泥巴還有什麼體會、什麼啓示？哪來這些深奧的道理！「姊夫」

未免說得太嚴重。我不懂，我看其他人的表情也一樣疑惑。

我們澎湖人把珊瑚礁稱做硓𥑮石，硓𥑮石的質地輕、瘡孔多，但是，細心疊砌成牆，再強勁的東北季風遇到它阻擋，也只能迂迴穿過，永遠推不倒它。

我們七個人的腳印，也在一排排西南走向的硓𥑮石擋風牆間，走出一條迂迴而清晰的路。

我提著插了天人菊的芒果簍，站在側門望去，小路依然清晰。我推了推眼鏡，這二十年來的風沙，難道不從這裡經過？是特意要讓小路爲我們的少年時光，留下永恆的紀念？

那些在海邊已存在千百年的硓𥑮石，當然不老，只是，擋風牆不變的樣式，讓人有些詫異。

一大一小的兩幢瓦頂平房仍在小路盡頭。再過去的木麻黃防風林、碧藍的澎湖灣和今晚將有明月高懸的西台古堡漁翁島，一樣不變。

我跨下側門石階，走上小路，心情卻沒有預期的激動；讓我驚訝的，竟是一種無波的平靜，好像離家已久，只想閉上眼睛，在後院走上一回，試試自己的腳掌，是否還記得那些一坑一丘。

【第五章】

捏塑自己喜愛的陶品

「姊夫」的陶藝工作室開工那天，我們七個人，怪！一個也不少的都到齊了。

我們陸續脫離隊伍，在側門集合。陳湘貞和葉英三走在前頭；葉英三去過，當然由他帶路。罔惜像個小媳婦跟隨在隊伍後面，不時要人催她：「不要跟丟了」。

陶藝工作室附近，再也沒有住家，小路上淺淺的足跡，大概都是「姊夫」走出來的。我們被小路帶著，邊走邊談，葉英三還那句老話：「找我兩次，不知道什麼意思？要我跟你們這些人在一起，也不怕我把你們帶壞了。」

湘貞罵他：「一定要說這種話嗎？以爲大家都怕你、看不起你？」

「我原本不想來，都是妳。」

「腿是你自己的，沒人能強迫你走不走。」

葉英三卻還是帶路，沒有轉回去的意思。他們的聲音不大，大家卻也都聽見了。阿潘嚅嚅地自言自語，問說：「我的工藝最差，『姊夫』找我做什麼？」

「不知道？『姊夫』的陶藝工作室要兼做膽量訓練班。」大家聽了都發笑，林賓又說：「我才不懂，你的歌喉那麼好，爲什麼每次要你唱，你總是吞吞吐吐？所以『姊夫』要特別訓練你。」

我們都知道林賓在胡扯，陶藝和唱歌有什麼牽連？但是，他說阿潘沒膽量，每次請他獻唱，他紅著臉縮在座位，讓全班都掃興，卻也是實情。

我們走著，來到一處硓砧石牆缺口，小路就由這缺口穿過去，這時，有一頭大黃牛四平八穩地趴著，擋住我們的去路。

「唿！唿！走開啦。」我們趕牠、嚇唬牠，這牛老大就是不動，好像誰把硓砧石牆當長城，派牠來鎮守缺口的。拿牠沒辦法，我們只好走遠路，想繞過硓砧石牆的最尾端再折回小路來。

我們走了一段路，卻聽見吳春華叫一聲：「且慢，看我的！」只見她快跑急衝，「呀」的一聲，雙手撐住牆頂，輕盈盈地翻過那一人高的硓砧牆；她的一頭黑髮揚起，像展翅的燕鷗，非常好看。我們嚇得回頭跑，她姑娘已經牽著黃牛的鼻索，把牠帶離缺口，小路又暢通無阻了。「阿彌陀佛！」她拍胸舒氣，說道：「沒事了，走呀，看什麼？」我們呆在牆邊，她姑娘逕自走去。我們不甘心，齊聲叫道：「再來一次，再來一次！太好看了。」春華仰著下巴，偏不理。

工作室的大門敞開，我們望了望，輕聲叫喚：「陶老師，陶老師。」卻沒有回應。轉去他住處，一樣不見人影，大家在門外探頭探腦；工作室的屋頂，留有一大片的玻璃天窗，像一盞大燈，將室內照得如同屋外一樣明亮。

正面的牆上掛著篩網、水瓢、水管，底下是轆轤、工作檯和洗手檯，左右兩面牆，釘著高低間隔不等的陳列架。

另有一扇厚重的小門通到屋外，我們繞過去，發現它貫通到一座還沒完工的燒窯，磚塊和煙囪躺在地上；煙囪腳沾著水泥，似乎曾經架設過，不穩，又拆卸下來等待重砌。

「男生都過來。」林賓忽然叫道：「我們把煙囪豎起來！」

「不要自作主張，你會砌嗎？」春華問道。

閒著也閒著，我們動手動腳，在林賓的指揮下，眞就拌水泥又砌磚，把煙囪架上陶窯。葉英三的力氣抵過我們兩個人，動作又爽俐，正牌師傅的功夫，大概也不過如此。

「看他們整天嘻嘻哈哈，沒想到還會做些正經事，」吳春華在一旁監工，又對陳湘貞說：「他們這些男生，就是應該多做些粗活，省得力氣沒處用，成天打打鬧鬧。」她們邊說邊點頭，越說越帶勁。

說林賓在學校嘻嘻哈哈，並沒有錯，但是，我們班的同學都不知道，他回家後並不是這個樣子。林賓的爸爸行船失蹤後，他是家中唯一的男人，媽媽有了煩惱只有找他傾吐；弟妹們的爭吵、哭鬧，也要林賓去處理，幫他們解決問題。

有一天，我到他家，才走到窗口，發現他們一家四個人都在客廳裡正經坐著，氣氛很特別，我於是停步。

林賓的小弟和小妹並肩坐在客廳暗處的長椅上，林賓和媽媽在一邊，他媽媽捻著頭巾擦淚，有一句、沒一句說著，聽聲音，是氣哭了。林賓側耳聽著，端著茶杯，陷入沉思。

「阿輝硬說五月十五那天，我沒送海芙蓉去，不給錢。我明明帶了十七斤半，他說帳簿沒有。要欺負我們母子……米店今天來討錢了。」

「他不敢，」林賓平靜的語氣，像極了他失蹤的爸爸：小個子、端茶的姿勢都像，我眞不相信那是林賓，他說：「那天還有誰在阿輝店裡？」

「沒看到，我一直跟他理論，求他同情。」

「店外也沒人？」

林賓的母親想了想，抬起頭來，說道：

「有了！天后宮後的那個阿梅看到了，她看我扛著那袋海芙蓉進去的。」

「媽，先別哭，我們去找阿梅姨幫我們作證。」

臨出門，林賓又回頭安慰他的弟妹：「不要怕，我和媽媽會把錢要回來，你們在家裡等，不要亂跑。阿富去洗米，阿美起火，不要怕，他欺負不了我們。」

那樣沉著穩重的林賓，和在學校裡的林賓，簡直換了一個人。我不懂，其他人更不會相信。

當我們用三片木板固定好煙囪，罔惜像哨兵發現敵人蹤影，她驚慌地說：「『姊夫』回來了，怎麼辦？」

我們看見「姊夫」挑著一扁擔的黃土，踩小碎步，吃力地從小路走來。扁擔被沈重的黃土扳成一把彎弓，畚箕底摩擦著地面，一路搓出塵灰，看樣子，「姊夫」快挑不動了。

葉英三搶先跳下窯頂，飛奔過去，他一把將扁擔接過肩頭，沒說什麼，就這樣步步有聲地挑回來。

「七個人都來啦，還把煙囪豎好了？」「姊夫」滿頭大汗，跟在葉英三後頭，他看見我們，開心極了：「太棒了！爲今天的開工典禮，我特地煮了一鍋落花生慶祝。」

我們都覺得有意思，春華、湘貞和含羞草去把一鍋落花生抬來，「鹹水花生，還燙著呢，陶老師想得眞周到，謝謝陶老師。」

傍晚時分，大家也餓了，不客氣地各抓一把，捧在手上。這時，橘紅的夕陽傾斜射進工作室，門口這道光，正好照在新落成的陶窯口。我們嗶嗶啵啵地剝著花生殼，好像那陶窯已經點燃，發出紅光，窯孔裡的乾柴也嗶嗶啵啵地燃燒起來。

「這些製陶的工具，大家在工藝課都用過，要我再介紹一次嗎？」「姊夫」問道。

「邊做邊講解，我們比較記得住，」林賓又問：「做這陶藝，要多久才能『出師』？」

「姊夫」在陳列架前站住。我看見陳列架上滿滿擺著風乾的粗陶：葫蘆酒瓶、茶壺、高腳碗、魚身信插、變形時鐘。一件鏤空的筆筒穿射出細碎的光圈，最引我注意；不知道筆筒花了「姊夫」多少工夫，在黏土乾燥前，一刀一杓地刻挖出來的。「姊夫」說：「生活要有創意，得終生學習，陶藝工作也是活到老、學到老，永遠也無『出師』。」

這簡直存心嚇人，我們聽著，不知該不該相信才好。

「老師，爲什麼說得這麼嚴重？我們都不敢學了。」春華說道：「我以爲捏陶土，做一些自己喜歡的東西，是一件很好玩的事。」

「姊夫」哈哈大笑，「大家別怕，陶藝本來就是一件很快樂的創造工作，可以隨心塑造自己最喜歡的東西，請大家放鬆心情，別緊張。」

他又叫住葉英三：「請你把那一扁擔的陶土挑進來，我們製陶的第一步工作篩土，馬上就開始！」

葉英三看看大家，二話不說，邁著大步走出去。

不久，他果眞挑著一扁擔陶土回來。我鬆了一口氣。

葉英三的神情不對，我想大家也看得出來，慶祝開工典禮的落花生，他一顆也沒吃，站在工作室的角落，像個局外人。他依「姊夫」指示，將陶土傾倒在攪拌池邊，又站到他的老位置去。

「姊夫」拿鏟子把陶土敲碎，我和阿潘做示範，林賓鏟土，將陶土鏟到篩網上，阿潘和我抬著篩網前後左右地搖動，土粉如綢緞一襲襲披灑落下，篩網內只剩下草根和石子。

「製陶的每個過程都很重要，它們對作品的成敗都有影響，」「姊夫」說：「這些雜質要是沒去掉，下一步的揉土就會遇上很多麻煩。」

春華、含羞草和陳湘貞也搶著試試看，她們眉開眼笑地篩土，篩出一堆陶土糯米粉，準備搓湯圓和搗年糕似的。

葉英三走過來了，說道：「陶窯已經架好，陶土也挑進來，我可以走了吧！」

被他這一說，大家都靜止不動。陳湘貞放下網篩，皺眉說道：「急什麼？才開始呢——」

「要我出力，我的任務不已經完成了嗎？」

「誰說只要你來賣力氣？要你來學陶藝的。」

葉英三看著「姊夫」。半晌，「姊夫」說道：「你用心學，說不定收穫最大，除非你對泥土沒興趣，不想把它們捏塑成你喜歡的形狀。」

「老師，」陳湘貞說：「葉英三的手指有力，也很靈活，他很有創意，他會喜歡的。」

我看見春華和林賓擺動身子，歪斜著嘴角，一副不能同意的表情。

林賓悄聲說道：「妳比他還清楚？」

「讓他自己決定要不要參加。」「姊夫」說。

「我……無所謂！」

一扭頭，葉英三就走出陶藝工作室了。

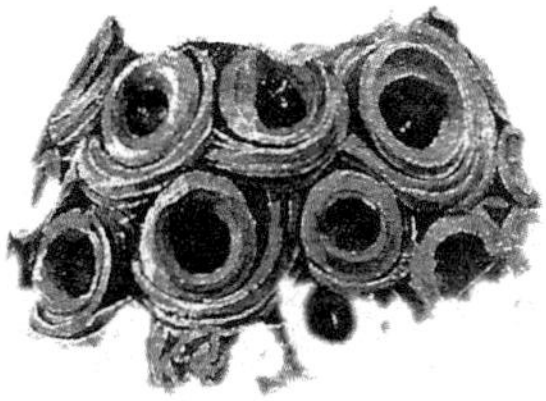

【第六章】

陶土裡的雜質要篩掉

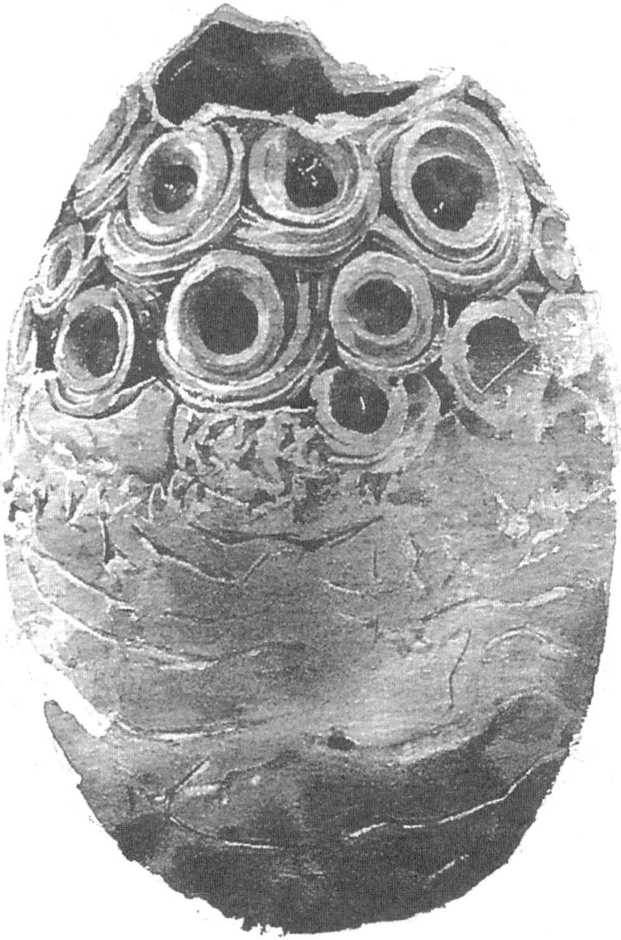

第二天傍晚，我們又結伴來到工作室，只是缺了葉英三和陳湘貞，大家都知道，卻也不提這件事。

前一天泡水的陶土，已經成了泥糊，「姊夫」將它們一把把撈起來，一塊塊放在木板上乾燥。我們分坐工作檯兩邊，「姊夫」發給每人一小塊黏土，他說：「揉土的方法你們已經知道了，大家用力吧！」

我們像揉麵糰一樣，把黏土翻來覆去地揉著。忽然，林賓和我都叫起來，哎喲哎喲像給蜜蜂螫了，「黏土裡還有碎石子？」

「黏土裡的雜質沒有完全篩掉，」「姊夫」走近，捏了捏黏土，又細細掰開說道：「兩個方法。第一：這些黏土先擱著，讓它乾燥，再打碎，重新篩過。第二：大家勉強做，一邊做一邊把雜質挑出來。」

「姊夫」微笑，看著，讓大家自行選擇。

「還等它乾燥，要等到什麼時候？太麻煩了。」我覺得等太久就掃興了。

「可以再去挑土呀。」春華說。

「那最快也要等到明天，現在怎麼辦？坐在這裡發呆嗎？」林賓說：「我覺得小心一點，邊揉邊挑，把小石子撿出來就可以了；不會太多的啦。」

「我覺得也是。」阿潘說。

興頭上，大家似乎都不願再等下去，「姊夫」也沒再表示意見。我們想了想，又繼續揉，大家小心動手，輕柔得像在洗毛衣或施展某種獨門祕功，看著，誰都忍不住要偷笑！

篩土的工作實在不是很有趣，那樣單調地搖來晃去，誰耐煩？坦白說，我們恨不得馬上揉土拉坯，成型上釉，送進陶窯，加足火力，馬上燒出一件作品捧回家去。這樣一步步地磨洋工，眞得壓住脾氣，擠出一些些耐性不可，但硬擠出來的耐性，畢竟還不是眞耐性。

黏土裡含有雜質，教人不能放手一揉，當然也礙手礙腳，但我老是忘了，就這樣不時給刺一下、扎一下，十分驚險地揉著黏土。

不久，我們聽見屋外有人聲，回頭看。

只見陳湘貞拖著門邊的一隻手，說道：「耍什麼性格？來了還不進去？」

不用看，我們也猜得到，這人不是葉英三還有誰？這麼結實的手臂，全校只他一個人有。果然沒錯，葉英三露出肩膀，橫跨一條腿，一寸一寸地露出半邊臉，整個人才緩緩現出原形，嘿！新娘子見公婆，也不過這樣吧？我們看得傻眼。他整個人身一出現，又恍然一變，精神得不得了，像一頭紅毛猩猩，雄赳赳地邁步搖擺，朝我們工作檯晃過來，又猛抓一把黏土，往我身邊一擠，咚！坐下，賣力揉土。

全場看葉英三一個人表演，足足三分鐘，他揉了二、三十下，把工作檯搖得地震一般晃動，突然發威：「不認識我呀？有什麼好看！」這時，我們才醒轉過來。

驚醒的林賓，把手握的黏土摔在工作檯上，也扮成一隻怒氣沖沖的猩猩，不過，顯然是小隻的，他手指葉英三，正要開口，「姊夫」卻站起來了，說道：「留著氣力揉土，不准爭吵。葉英三遲到，一定有他的理由。」

「我沒有理由，我要什麼理由？」

葉英三頭也不抬，使了狠勁繼續揉他的黏土，還吹口哨伴奏，吹得不成腔不成調，好像工作室裡頭只有他一個人，其他站著、坐著、睜眼望著他的，都是傻蛋泥偶。

我覺得葉英三太過分！「姊夫」替他說話，他還不領情、不理睬，這樣頂撞，簡直存心教「姊夫」難堪。他吹那種破口哨還不算，又抖腿，抖得整排椅子不安穩。我生氣了，拿手肘頂撞他：「你抖什麼？」

「我就是喜歡抖，高興嘛。」

「你要抖到天后宮前面抖，陶藝工作室不需要乩童。」林賓說道。

「你管不著，這不是你家。」葉英三揚眉，說得咬牙切齒，一副蠻不講理的樣子，「我就愛在這裡抖，怎麼樣？」

就算我們管不著，「姊夫」總可以管管他吧？

我們看著「姊夫」，等他開口。「姊夫」卻神色不變，風度極佳，他苦苦地笑了，輕聲問道：「心裡有什麼不舒服嗎？是不是跟同學吵架，被誰處罰了？」

「舒服得很，誰敢惹我？」

什麼叫好修養？像「姊夫」這樣逆來順受，給針扎了，給刀刺了，也不動聲色，就是嗎？我定定望著「姊夫」，看他聽見葉英三這樣蠻橫地頂撞，會有什麼後續行動。

沒有，他還是那樣的好風度，好像什麼事也不曾發生，他還是搖頭，苦苦地笑著，好比正欣賞著話劇演員最最入戲的表演。我低頭，不再看他，也不想再揉黏土。

「葉英三，你發什麼神經？」湘貞叫道。她的叫聲撞擊牆壁，給瘡孔細密的硓砧石吸住，竟柔和得有些怪異。她不甘心，起身又罵道：「你不要這樣不知好壞，你有什麼了不起？你憑什麼這樣？」

我覺得奇怪：爲什麼葉英三讓陳湘貞罵了，沒敢回嘴？

葉英三死命揉土，一下、兩下、三下，他索性站了起來，揉得滿頭汗水，揉得好像跟那團黏土有著深仇大恨，要將它揉扁，揉成粉末。

我看著林賓，林賓卻轉頭看春華，阿潘和含羞草怯怯地用眼角瞟我，又怯怯看葉英三沒頭沒腦地和黏土拚命。我知道，我們都有些害怕。

葉英三忽然給水母咬著了一般，哎喲一聲，雙手抽回，縮在胸前，張口看著那一團黏土。

鮮血從他的右掌心汩汩湧出來，沿著手腕流下。「姊夫」箭步向前，一手按住葉英三的手腕，拖他到水槽去，「洗乾淨，趕快洗乾淨！」

我們眞的嚇呆了，愣了半晌。林賓彎身去看那團黏土，挑出一塊銳利的碎石，拿給我，這碎石閃閃發亮，像一片碎玻璃。

三個女生擠過來，看清楚了，更急得團團轉。春華拖著含羞草在工作室裡兜圈子，喊道：「阿彌陀佛！血是噴出來的。急救箱在哪裡，有沒有急救箱呀？」

在水槽邊替葉英三清洗傷口的「姊夫」，叫她們到浴室壁櫃去找，她們兩人無頭蒼蠅似地奔去。

倒是那個陳湘貞，甩頭就走，邊走還邊對葉英三開罵：「你活該！你自己找來的，活該，沒有藥救你，讓血流光好了。」

我沒想到陳湘貞會這樣，她居然撒手不管，向著大門走去。她雙手蒙臉，歪歪斜斜走著，突然一轉身，又回來了！她和拿來紗布、藥膏的春華和含羞草，奔到水槽邊，替葉英三止血療傷。

我和林賓、阿潘悄悄坐下來，在工作檯邊看著，我眞看不懂，不知林賓看得懂不懂？

夕陽的紅霞，照進門窗，一大塊一大塊貼在工作檯、貼在瘡孔細密的硓砧石牆上。晚風已有涼意，在工作室鑽進鑽出，這時刻，要是能專心而輕鬆捏塑陶土，應該很愉快很有點意思的事，誰知道葉英三表演這種沒人看懂的德行，「姊夫」又是這樣容忍他、偏袒他，甚至欣賞他，讓工作室的氣氛全都走樣。我的手指戳著黏土，掐一團黏土揉著；我覺得眞沒意思。

包紮好傷口的葉英三，這時，走回工作檯，他又岔開兩腿，亮出劍指，指著林賓的鼻子問道：「說！給我說，是誰要陷害我，故意把碎玻璃放進黏土裡？」又指著我：「眼鏡，該不是你吧？」又指著阿潘：「是不是你？我看你也不敢！」

他一連和三人對決，這突來的舉動，讓我們又怕又氣，讓那個陳湘貞也嚇壞了，她叫說：「葉英三，你非常，非常，無聊。你完蛋了，算我看錯人，沒有人會再理你了，你走開！」陳湘貞按住自己的面頰，移動手掌，好像要將整張臉遮掩起來，走著，她跑出了工作室。

葉英三似乎還不甘心，看我們一眼，才雄赳赳邁出去。

我想，我實在糊塗透頂，才曾經覺得這人有幾分豪爽、有些可愛，他這個人，根本無理取鬧，說他是小流氓，算太客氣了，算我看走眼了。

「陶土裡的雜質要篩掉，要不，在塑陶的過程，常常會刺到自己，常會傷到別人。」就是這樣嗎？只有這句話可以說嗎？這就是「姊夫」為葉英三主演的這場鬧劇所下的唯一評論。他為什麼不生氣？為什麼不痛罵葉英三？讓他這樣囂張，是為了保持他的好風度？還是，他根本也是個糊塗透頂的人了，就同我一樣！

我告訴大家，我要回家了。

我將黏土用紗布包好，放進工作檯下的木箱。春華和林賓也跟著我做，阿潘和含羞草也一樣，他們低聲向「姊夫」說再見。

我，不願說，不屑說，我不甘說，默默地離開了。

接連幾天，我沒興趣再到陶藝工作室，也想好了藉口，誰問，我就推說肚子不舒服，推說家裡有事，推說要趕回家。在學校，我遠遠閃避「姊夫」，不想再看他一眼。

每天傍晚，林賓照常去了，晚上就到我家報告，先說是缺席三個人：我、葉英三和陳湘貞；後來，陳湘貞又來了。陶藝工作已進行到拉坯，但大家都沒說話，就算「姊夫」來回地指導，工作室還是冷冷清清，氣壓悶得怪，怪得愈做愈沒意思。

春華是問過我的「病情」，她像我的特別看護、像專任管家，輕柔查詢我家狀況，她說：「是不是你爸爸在台北的生意出問題了？你是不是食物中毒，怎麼天天肚子痛？」她實在有夠耐煩，問了一大堆，我一概回答「沒有」、「不知道」、「謝謝」。

挨到第四天，這特別看護居然變成女煞星；春華滿臉怒氣，擋在教室門口，不讓我走。她當著林賓、阿潘和含羞草的面，對我開罵：「你不要再裝了，我知道，你不想再去學陶藝了對不對？不想學，也應該告訴『姊夫』一聲，你這樣躲躲閃閃，像什麼？沒個班長的樣子！」

「我是不想去，怎麼樣？」被春華劈頭一頓罵，我的口氣眞就硬不起來。我看著林賓，猜想一定是他多嘴，告訴春華。

「總該有理由，偷溜，不告而別！你懂不懂禮貌？虧『姊夫』對我們這麼好。」

「我也不想去了。」林賓說道。

春華的頭一偏，箭頭指向他：「你怎麼老跟他學？你有什麼理由不去？」她的語氣，簡直就像媽媽。

「當然有，」林賓拍胸說道：「偏心！『姊夫』偏心，他沒用。葉英三囂張得那個樣子，大家都看到了，他罵一句也捨不得，讓他以爲是一隻螃蟹，可以橫著走，愛夾誰就夾誰，讓他在工作室裡像瘋狗亂叫，叫到他高興爲止。我有沒有亂說？我生氣了，不去不行嗎？」林賓的每句話，都說到我心底，他說得好。

春華被叫吼一陣，沒話可說。含羞草罔惜默不作聲，怯怯看著我們；阿潘自顧自咬指甲，津津有味嚼著，好像嚼魷魚絲，我瞪他一眼，他開口說了：「我也不太想去，手掌都長繭了。」

「這件事，誰也不勉強誰，不去，可以，但是要當面跟『姊夫』說清楚。」春華說。

「何必這麼麻煩？」阿潘說：「妳膽子比較大，幫我們講就好了。」

「敢做敢當，自己負責。」

「可以啦，有什麼了不起？」林賓說道：「現在去都可以。」

我們晃蕩走過操場，沿著圍牆，經過焚化爐到小側門，這一路，沒話說，多說一句都是廢話，何況，生氣少說話，免得說錯或愈說愈生氣。我們忽然看見「姊姊」走出小側門，沒錯，正是我們老師。春華張手把我們攔住：「等一等，『姊姊』要去找『姊夫』，我們先別走。」

大家貼身在小側門邊，探頭看。她幹嘛也來了？走這小側門，怎見得一定是去找「姊夫」？

「姊姊」手拎一只藍色小布包，沈甸甸，看形狀像一只高腳大茶杯，又像這時節盛產的加寶瓜。她往陶藝工作室的小路走幾步，將藍色小布包擁在胸前，忽然轉身，又走回小側門。

我們嚇得閃開，天啊，躲哪去？五個人頭碰頭擠進了焚化爐。我們像五個超級的回收資源，不敢出聲，靜聽了片刻，卻又沒有「姊姊」的腳步聲，更沒人影。大家又爬出來，躲在小側門邊觀望。

只見「姊姊」又走往小路，朝著「姊夫」家去，她走走停停，進三步退兩步，拎著的小布包，看了又看，不知她想些什麼？到底想幹嘛？

春華拉我衣角，示意要我出去。我怎麼敢？「姊姊」的行動變得這樣怪異，一定有很深的心事，怕人知道。我想，我們應該離開，今天不要到工作室去才對。

沒想到「姊姊」回頭走來，這次，她竟然直往小側門走回來，我們判定了她的行動，要躲進焚化爐，已經來不及了。

我們被「姊姊」喚住。

她先是一愣，隨即又微笑，「焚化爐裡藏著什麼東西嗎？」她說：

「我正要去找你們，才後悔沒早來，讓你們先走了，還好，你們還在。」

「你不是要去找『姊夫』嗎？」春華說著，哎喲叫一聲：「阿彌陀佛，不是啦！我以爲你要去看陶老師。」

「這裡有一包東西，要交給他，請你們幫我送去。」「姊姊」深吸一口氣，她將那藍色小布包交給我，說道：「已經綁好了，不要解開，就說是我送回來的。」

我捧著小布包，感覺得到，裡頭裝的是個瓷器，而且是鏤空的。我心頭一驚！難道是陳列架上那只鏤空筆筒？怎麼會到「姊姊」手裡？難道「姊夫」送給她，她嫌這只筆筒不好看、不珍貴，還是不合用？

「姊姊」的神情是尷尬、寬心又歉疚，臨走，又交代我：「陳亦雄，東西請拿好，別掉地上，也請記得向陶老師道謝。」

我想我猜對了，是那只筆筒。

「不知道布包裡裝的是什麼貴重禮物，捧不得的？」等「姊姊」走遠，林賓問道：「讓我看一眼好不好？」

我不肯：「沒什麼好看，這是別人的祕密。」

「祕密？祕密還託人送？」林賓說道：「這已經半公開，看一眼沒關係。」

我還是不肯：「要看，到工作室再看。」

這時，春華說道：「到底什麼禮物？」阿潘和含羞草伸長脖子，也盯著藍色小布包，很想知道的樣子。

要是讓大家發現裝的是陶瓷筆筒，大家一定會想到，這是「姊夫」親手塑燒，送給「姊姊」，又被她退回來的。「姊夫」不是更傷心、更尷尬嗎？這不能讓大家看。

林賓靠過來，在我身旁繞圈圈，忽然伸手搶奪。

「阿賓，不要亂來！」

這林賓卻嬉皮笑臉，拉住小布包的一頭，糾纏不放，拚力和我拔河。「阿賓，你不要開玩笑。」我叫著，雙手拉住另一頭，一使勁，林賓鬆了手，我踉蹌倒退，一退五六步。林賓奔來要扶我，我後腿一踩空，仰身跌坐在堅硬的黃泥地，小布包脫手飛去，摔得大老遠，只聽得「乒」一聲！

我看到林賓張口，阿潘咬指甲，含羞草偏頭貼著歪斜的肩膀，不敢動。藍色小布包自行攤開，露出破碎的陶瓷片，完了，該死的矮仔賓，完了，該死的我。

春華蹲下去，將散落一地的碎片撿回小布包，捧到我面前。她說：

「摔破了，怎麼辦？」

我嚇得不會生氣，哪知道怎麼辦？「問林賓！」我說。

「我先說清楚，這件事，我們兩人都要負責，不能光找我。」林賓說：「老實報告『姊姊』，東西被我們摔破了，班長要有班長的樣子，我要有我負責的樣子，對不對？」

「這不行，這件事不同。」我說：「我知道它本來的形狀，先黏起來，要不，我們照樣子再塑一個。」

「你怎麼會知道呢？」春華盯著我看，她的眼神太奇怪，似乎看懂了什麼，她問：「你怎麼再造一個？」

「……」我說：「這，不要問，反正我知道就是。」我心想：糟糕了，這下子別想退出陶藝工作，還得偷偷摸摸塑個鏤空筆筒，而這工程恐怕比補破網還難；事情越弄越麻煩了。

春華捧著小布包，又問：「我看，今天不能帶去，先藏起來。」

我們在硓𥑮石擋風牆下，挖了個坑洞，埋好，又用兩塊大餅似的乾牛糞蓋著，當作記號。春華想得沒錯，這黏補重塑的工作，要另外找個時間和地點，總不能攤在工作檯上，大家頭碰頭地合力動手吧？

這一折騰，來到陶藝工作室，時間已不早了。

在大門口，我們看見「姊夫」伏在工作檯，背對著我們，像一尊不動的石膏像。我們走近了，他也不知道。

「陶老師，」春華叫喚道：「我們都來了，陶老師。」

「姊夫」轉過身，淡淡地說：「你們來了。」他手中拿著一封信，又淡淡一笑：「大學時代的老師來信，他在這個禮拜六要到我們澎湖來。跟他同行的還有地質學的林教授、考古人類學的宋教授、幾位助教和學生，希望我能陪他們到處走走。」

「要你陪他們去參觀，所以你很煩惱？」林賓問道。

「姊夫」大笑：「他們不是一般觀光客，他們來做考古研究的，我很高興，能見到從前的師長，可以聽聽他們的研究報告。」

「考古研究？」我問道：「我們澎湖有什麼可以考古的？」

「怎麼沒有？我們澎湖的老人特別多，」林賓說著，皺眉擠眼，弄得一臉皺紋，阿潘和含羞草看得發笑，春華卻罵他：「阿賓，請你正經一點，不要開這種過分的玩笑！」

「詳細行程，我不太了解。」「姊夫」說：「大家要是有興趣，陪著去，當面請教，說不定有些地方，你們比我更清楚；把陳湘貞和葉英三也找來，大家一道去。」

「不找葉英三不行嗎？」林賓問道：「要扛東西，我們來就可以，對不對？」

「他是你們的同學，也是工作夥伴，怎能不邀他？」

「誰知他到時候，會不會又作怪！」

「葉英三是有一些缺點，大家試著接納他，給他機會改變，」「姊夫」說：「誰沒有缺點？他不過和我們一樣，沒有信心罷了。」

怎麼來了一記回馬槍，沒有信心，誰？

「我們對他夠好了。」春華哼一聲說道。我想，她也知道「姊夫」對葉英三有點偏心，而且不是一點點。我們都想說，但話到口邊，卻也沒有人敢說出來，好像一塊不大不小的年糕卡在喉嚨間，上不上，下不下。難過。

【第七章】

我可以再塑一個嗎？

拉坯，比揉土有趣得多。

陶土放在轆轤圓盤上，腳踩動，讓它不停地旋轉，手指摳捏陶土，漸漸就轉出一個形狀來。

拉坯，雖然好玩，但卻要有更高的技術。轆轤的轉運，快慢得適宜；摳捏陶土的力氣，過重或過輕都不行，要不然，陶土歪歪扭扭，厚薄不一，轉著轉著，就坍成一坨了。

工作室的兩部轆轤，只能輪流使用，大家擠在轆轤邊，急著想嘗試。林賓推開阿潘，要接替我的位置，卻讓春華攔住。

「阿潘，該你下去，誰都不要讓，去呀。」春華說道，一把將阿潘推向前，阿潘踉蹌前傾，正好坐在我的位置。

「好的不教，教他爭先恐後。」林賓抗議，歪斜著嘴巴，不服氣的樣子。

「排隊輪到誰，就該誰，爲什麼要讓你？不顧秩序、只想搶先的人才該檢討。」春華說話，向來明白，她乾脆放大音量，告訴坐在轆轤前的阿潘：「阿潘，過分的客氣等於退縮，過分的謙虛就像自卑；該你表現，什麼也不必懷疑。」

「好啦，訓人倒是滿流利的。」林賓無趣說道。

這時，陳湘貞躡步走來，停在春華身邊，雙手交疊在腹前，完全是端莊淑女的模樣，和她平日，換一個人似的。她輕聲向「姊夫」打招呼，姿態和含羞草沒兩樣。「姊夫」還是那種註冊商標的平靜表情，淡淡地說：「妳來了。」沒有驚奇，沒有責問，想了想，他又問道：「葉英三還是沒來嗎？」

「他明天會來。」

這葉英三實在太老大，每回出現總有噱頭。明天要來，今天先派陳湘貞來預告，這種方式，未免太隆重吧？

林賓聽得火大，對春華說：「要是我明天遲到，請你先幫我打廣告，我進門時，大家要鼓掌，誰都不准忘記，注意看，看我跟他搶轆轤。」

「其實，搶了轆轤也沒用，大家拉坯拉了幾天，一個造型也沒做出來，」「姊夫」笑說：「拉坯之前，要先將造型的構想確定，你希望自己的陶土塑成什麼樣，在心底打草稿，要不，踩著旋轉的轆轤，心裡慌張，什麼也做不出來。」

「難道不能一邊做，一邊想造型？」他問。

「不能說不可以，但對新手，失敗的機會大，花費的時間更多；我們只有兩部轆轤，誰也不好長時間佔著不放。」「姊夫」問坐在轆轤前發呆的阿潘：「你想好了自己要的造型嗎？」

阿潘說：「想不出來，不知什麼樣比較好。」

「姊夫」踮踮腳跟，按住阿潘肩頭：「衡量自己現在的能力，想想自己對實用和美感的看重程度，再參考別人的作品，發揮自己的創意，大概是這樣。」

「我聽不懂，好像鴨子聽雷，」林賓皺眉、聳肩，回頭問我：「眼鏡，你想得出來嗎？」

「姊夫」的意思，我聽懂幾分。上轆轤拉坯前，先要有腹案或草圖，不能以爲「船到橋頭自然直」、「走一步，算一步」地去碰運氣，卻可能浪費時間。他說得有幾分道理，只是這腹案構想、創意草圖眞傷人腦筋。

我走到工作檯，依著長椅坐下。

林賓和春華捧著陶土，也坐過來。這時，扮成淑女模樣的陳湘貞，靠在一旁，她有一下、沒一下地戳著陶土，好像有話要講，又找不到話頭，張嘴想說又閉上。

於是，我問道：「他明天會來嗎？」

陳湘貞點頭。

「這小流氓越來越抖，鐵殼船的船長，也沒有他神氣。」林賓的鼻子噴氣，跟著說。

「林同學，請你不要這樣說他，他沒有大家想像的那麼壞。」陳湘貞開口說話了：「他有時也很好，他有時也會照顧人，他……」

「他、他，他是誰？」林賓問道：「『姊夫』護著他還不夠，用得著再加妳一個？我看，大家一起來寵他，讓他這個葉英三大哥升上天。」

「你怎麼講得這麼難聽，升天？」春華制止道：「『姊夫』一定有他的想法，你不要說得讓他難堪，請你細聲一點。」

「他眞的不是那麼壞，他在家不是這樣子，眞的。」

「對呀，在家有人管他。」林賓說。

「正好不是，」陳湘貞低頭，舔濕嘴唇，又猛吞口水，她說：「葉英三家裡的事，我本來不應該說的，但是，我怕大家誤會他。我們是鄰居，他住在我家後面。他在家，要做很多事，要燒飯、洗衣服、照顧弟妹、要養豬，葉英三是個好哥哥。」

「他爸媽呢？」我問：「憑他能做這麼多事嗎？」

「他爸爸出海，很少在家。葉媽媽，在他很小時就去世了。」陳湘貞說：「他不願同學去他家，看他忙成那樣。他在家很和氣，不知道爲什麼，出門就變這樣，眞的。」

春華坐到她身旁，輕聲問：「眞的這樣嗎？」

「請大家不要以爲他不講理，不理他。」陳湘貞好像要哭起來：「請大家原諒他，請原諒。」

我相信陳湘貞不是胡亂編故事，但是，葉英三蠻橫、無所謂、不講理、耍性格的爲人，又和她說的差太遠。我以爲他應該來自對他太放任或太寵愛的家庭，沒想到是這樣。

「妳爲什麼對葉英三這麼好？說！」林賓說：「他憑什麼對我們這樣？」

林賓問得好，就算來自支離破碎的家庭，誰又有作怪的權利？大家可以幫助他，但是不能給他特別優待，難道在他爲非作歹時，還要對他加倍忍讓，還要幫他找理由、找特權，好像每個人都要對他不幸的家庭負責似的？

「我們是同學，又從小一起長大。」陳湘貞說：「葉英三的媽媽去世那天，我和媽媽趕去看她，看她斷氣的。她請我們要多多照顧他，我媽媽答應了，我也答應了。那一年，我和葉英三都一樣八歲，謝謝你們。」

「姊夫」一直在工作室角落的水槽邊洗洗搓搓忙他的，幾件工具需要洗這麼久？不知他有沒有聽見我們的交談。

陳湘貞謝個什麼？

春華和含羞草默不作聲，林賓扳弄著指頭，每個人都看著我，似乎要我開口。

「時間不早了，我們回家吧，想想自己的陶塑造型，」我說：「其實，也不見得每個人的家庭都幸福圓滿，對不對？要別人包容他，不如自己振作起來，我覺得，葉英三還是沒有作怪的權利，就這樣。」

話這麼說，我卻也不再覺得「姊夫」和陳湘貞多麼偏心。雖然仍覺得葉英三過分，但已談不上厭惡，只是我還不明白，他爲什麼要擺個橫霸霸的姿態？

大家沈默不語，想些什麼，我也不知道。

我們一整天不敢和「姊姊」說話，躲著她，怕她問起鏤空筆筒的事。我盡量保持自然，裝作沒事。阿潘還是那笑瞇瞇的斯文樣，含羞草本來就緊張兮兮，這回也看不出異樣。

只有林賓和吳春華，見了「姊姊」，表情就走樣了。特別是林賓，正眼不敢瞧「姊姊」一下，東閃西躲，一看就知道有事！「姊姊」問了他好幾次：「你是不是又忘記帶課本？」「你是不是又打破玻璃？」讓人爲他緊張。

這天，林賓帶來強力膠。午休時，我們回到小側門外的硓砧石擋風牆，把那包破碎的鏤空筆筒挖出來。哎！真不知該從何處開始黏起，連底座和腰身都分不清，怎麼動手？我們坐在乾牛糞大餅上，拼拼湊湊：撿一塊，抹強力膠，鼓氣吹乾，忙亂一陣，只黏了一圈橢圓型的瓶口。這破碎筆筒怎麼黏呢？我愈想愈覺得自己天真得可以。

「眼鏡，你有沒有把握黏好？」林賓問道。

「你呢？」

「我？我問你呀。」

這時，我突然聽見一串腳步聲從背後小路傳來，我趕緊縮腳，回頭，從石縫看去，竟然是「姊夫」！他似乎發現石牆後有人，走著，彎下腰，朝著我們的方向看過來。

我急忙將筆筒碎片包起來，推林賓要他讓開，把藍色小布包埋回去。林賓卻大聲問道：「怎麼啦？被大螞蟻咬了？」

來不及了。「姊夫」已走到我們身邊，我趕緊起立，林賓也嚇得彈起來。

「是你們兩位？怎麼不午睡，跑出來？」他問道，盯住我的眼睛不放。

「……是這樣，我們出來找靈感、想造型。」我緩緩伸腿，將小布包撥到腳後跟，擋著。該死的筆筒碎片，竟然「喀啦」一響，林賓嚇得張開嘴巴，我趕緊又問他：「你是來幹什麼的？」

「我，也跟你一樣，」他過來，將手上的強力膠放回口袋，全身搖晃著，又說：「很傷腦筋，想造型不簡單。」

「姊夫」又一次全身上下地打量我們，眼光停在我腳跟，兩秒鐘，停在林賓的口袋，兩秒鐘。他踮踮腳跟，說道：「不錯，你們想出好造型，傍晚到工作室能順利一點。」他走了幾步，又停下：「先告訴你們一個好消息，我老師的考古隊已經到澎湖了，星期六在吉貝嶼展開工作，我們去拜訪他們，同時也可以露營。」

「好呀！」林賓興奮的樣子，實在太不平常了。「姊夫」也奇怪，這件事我們已知道了，還隆重地說是什麼好消息。他走了兩步，放慢了腳步，才向小側門走去。

我舒一口大氣，說道：「太危險了，差一點被發現。」

林賓的神色完全恢復常態，這回，他不屑地說道：「危險什麼？大不了把整包碎片交給他，老實承認，說『姊姊』送他的禮物，被我們摔碎了，說不定還留下來紀念，當寶。你何必這麼緊張？害我被傳染。」

「不行，『姊夫』會傷心又生氣。」

「你怎麼會有這種怪想法？」林賓說：「你實在太不了解他，『姊夫』的脾氣有多好。」

傍晚時，葉英三果然來了。而且，比我們都早到，他和陳湘貞對坐，在工作檯上忙著。

陳湘貞笑瞇瞇地向我們打招呼，那種熱絡，根本不是她平日作風。葉英三更怪異，伸手向我們「嗨」一聲，說是歡歡喜喜，更像瘋瘋癲癲，久別重逢也不必這樣吧？這種氣氛，嚇得含羞草躲在春華後面，阿潘藏在我背後。我們停在工作室門口，站了一會兒，林賓橫跨一步，用力清嗓，說道：「怕什麼？我們走呀！」

我們東張西望走近工作檯，向陳湘貞和葉英三招呼回禮。我以為葉英三回工作室，即使不再橫霸霸，也應該有些懺悔、有些不自在的表情。誰知他完全是大將作風，好像超級足球員，嚴重犯規被逐出場，隔幾天，重回場地，變得斯文有禮，竟主動向觀眾們揮手，看得人不知生氣好，還是鼓掌才好。我們反而扭扭捏捏的，根本不如他。

「又全到齊了?很好。」「姊夫」說道：「今天是大家發揮創意的時候，每個人把自己最喜歡的陶塑造型做出來，請開始。」「姊夫」開心的樣子，讓工作室洋溢著空前未有的和諧歡樂氣氛。

我的造型已經想好：一只茶壺和六只小杯子，用我們澎湖的泥土燒成的，帶去台北給爸爸飲用，也許他會喜歡。我想拉塑成八角形，像觀音亭那樣，不知能不能成功咧。

春華要塑一對陶瓷枕頭，送給爸媽。

「妳要讓他們天天落枕？」林賓問道。

「我會量好高度，請你放心。我外婆就有一個陶瓷枕頭，冰冰涼涼，睡起來好舒服，」春華被逗得笑不停，反口問林賓：「你打算做什麼不得了的東西？」

林賓不理她，先問「姊夫」，造型大小有無限制，「姊夫」回答，只要能扛得動，燒窯進得去，隨人設計。林賓這才宣布：「我要做個米缸！怎樣？」

工作室爆起了一陣笑的旋風，吹得大家前翻後仰，「米缸也有造型嗎？」

「不要笑，這不是普通的米缸，」林賓急得滿臉通紅，說道：「缸底有開關，不必用杓子掏米，還有防蟑螂、防老鼠的專利設計，專利的哦！」

林賓的米缸還不特別，怯生生的含羞草林罔惜，竟然要做個馬桶給小弟，馬桶？大家聽了又是一陣狂笑。

春華叩敲工作檯，說道：「有什麼好笑？誰像罔惜想到替弟妹做一個的？」

大家閉嘴不敢再笑，陳湘貞神閒氣定，說道：「我想做一對豬撲滿，大隻的。」

「幹嘛？」林賓問道。

「存錢，將來買一艘船。」

「那要存到什麼時候？再存二十隻也不夠呀。」

阿潘搔頭摸耳，很苦惱的樣子，「老師，我不知道什麼造型比較好，大家幫我想一個，好不好？」

誰知他喜歡什麼，怎麼幫他想？「姊夫」也說：「不行，你再仔細想想看，這要自己作主，不要期待別人幫你出主意，你試試看吧。」

「我想捏一個陶偶，從來沒人看過的，今天，大家的運氣很好。」

葉英三開口了，他抖著一腳，搖晃身體，神態輕鬆得接近隨便，他說：「注意聽，這個泥人就是我自己。」說著，又自顧大笑。

「也可以。大家隨心創造，誠心誠意把自己中意的造型做出來，就是好作品。」「姊夫」拍手：「各位，動手吧！」

「我的米缸要慢一點做，我也想捏個陶偶，那個泥娃娃就是我，看過的人，都有福氣。」林賓早已佔住轆轤，聽了葉英三的話，又轉回工作檯來。

這林賓怎麼了？好像專要和葉英三別苗頭、打對台似的。別的座位不要，他偏找了葉英三對面坐下，還學他吹那種不成腔調的口哨。

大家高興地各忙各的；我和春華先上轆轤拉坯，其他人圍坐工作檯。「姊夫」四處走動，張羅工具，指導這個、指導那個，他走到我身邊，彎下腰，說：「轉速踩穩，一步一步來，力量要平均，這是基本功，用心體會一下。」

我的雙手掐捏著圓盤上的陶土，手勁有變化時，轉速就很難平穩，手腳的配合已經不容易，還要注意水分和陶土的造型。

正把陶土捏塑成圓筒狀的春華問道：「轉速一定要均勻嗎？」

「轉速不均勻的拉坯，可以造成另一種效果，」「姊夫」說道：「初學的人，還是讓它平均的好，這是一種基本訓練。」

「我想踩快一點，可以嗎？」我問。

「可以，試試看。」

「我想轉慢一點，免得做垮了。」春華說。

「可以，試試看。」

「姊夫」這樣鼓勵我們，讓我們自由嘗試，反而教人有些心慌。好像一個人獨自駛著舢舨出海，沒人約束了，所有後果都要自己負擔，不免興奮又慌張，慌張得手腳不聽使喚。

工作檯那頭，倒是歌聲不斷，外加林賓和葉英三的破口哨伴奏，熱鬧哪。陳湘貞一直催促阿潘：「聲音大一點，你唱歌最好聽了，不要害羞。」

葉英三吹一陣口哨，笑一陣，不知何事讓他這麼開心。這人也實在奇怪，說變就變，而且一變就過火，變得讓人不認識了。

他搖搖擺擺捧起他捏塑的陶偶，晃到我面前，問道：「眼鏡，看仔細，像不像我？」

這是一尊像猩猩又像熊的大怪物，尖嘴、厚唇、小耳朵，垂掛著雙臂，彷彿咆哮著往前衝。葉英三的手藝眞好，大家忙得不可開交，連半成品都無著落，他卻兩三下捏出個陶偶，而且，怪物的指頭紋和滿頭亂髮也勾勒出來。葉英三結實的手臂，管理的竟是一雙靈巧無比的手指。

他又將陶偶捧給春華看，問說：「看仔細，像不像我？」葉英三擺個優雅的身段：一手扠腰，一手端著陶偶，踩小碎步，盤盤繞繞將怪物陶偶供在工作檯正中央，他大笑介紹：「這就是小流氓葉英三，平常不敢正眼看的人，現在可以看清楚了，長得還不錯，對不對？」

葉英三的舉動，一招接一招，讓我感到有些不安。大家訕訕地看著他，工作室彷彿飄散了嗆人的煙氣，原本的歡樂氣氛，一下子給換掉了。

林賓咳一聲，也說：「你這陶偶有什麼了不起？看我捏個孫悟空，這就是我，怎樣？」

這時，「姊夫」緩緩走近工作檯，他指著葉英三的怪物陶偶：「你爲什麼做這個東西？」

「不是自由發揮嗎？它就是我本人。」

「姊夫」臉色青白，手指顫抖，又問道：「爲什麼塑成這樣子？」

「它就是我，我就是它。」葉英三含笑回答。

我和春華趕緊從轆轤邊站起來。我很害怕，看「姊夫」青白的臉孔像褪色的壁報紙，他咬緊牙根，雙頰肌肉一縮一鬆，工作室裡的晚風和夕陽，彷彿就這樣被他咬住了，靜止不動。

他突然一伸手，將那陶偶掃開，用力之猛，就像迎戰一頭猛獸。陶偶在工作檯翻了幾個觔斗，飛出去，一頭砸到牆角，碎裂一地！

春華抓住我手肘，含羞草嚇得叫出聲，工作室隨即又靜止無聲。我聽見自己的呼吸，像風櫃洞裡的潮聲，低沈而清晰，彷彿在工作室裡也有回音。

葉英三的笑容早已收回去。他從長椅上彈起來，雙手握拳，也在發抖，他嘴巴張開，卻無聲。葉英三直瞪著「姊夫」，我們看著他，坐著的、站著的，全都凝固一般，彷彿連時間也靜止了。

我的耳孔裡轟轟響，腦殼不斷發脹，卻什麼也想不起來。剛才不就沒事，怎突然變成這種場面？「姊夫」爲什麼這麼生氣，他不是好脾氣、好風度的人嗎？

「我可以原諒你犯錯，可以給你時間改過，」「姊夫」大步走到葉英三面前，我眞擔心葉英三會失去理智，揮「姊夫」一拳。他說：「但你不看重自己，要像那陶偶一樣，永遠一副野蠻的面目！你爲什麼要把自己想成這樣？」「姊夫」的語音顫抖，面孔還是鐵青，眼角抽搐著，好像胸口挨了誰一拳，強忍痛楚，急促說道：「你甘願把自己塑造成這模樣？回答我！你以爲同學有忍受你亂發脾氣的義務，是不是？你從來不知別人的好意，犯了錯就要永遠錯下去？——回答我。」

葉英三像一尾失水的青花魚，張嘴喘息，一句話也說不出來。

「誰有義務永遠對你好？你這樣不愛惜自己，就是存心傷害別人，損害自己，你是不是這樣？回答我。」

葉英三的拳頭仍握緊著，不知他因爲太用力才發抖，或是這麼用力才能止住顫抖。他轉頭，向牆角那堆砸碎的陶偶，凝視不動。這時，陳湘貞扶著工作檯起來了，她低頭縮肩，走向牆角，走得很慢很慢。我不知她走去牆角做什麼？我們都不知。她一手壓住嘴巴，哼哼的聲音卻從鼻孔出來，頭髮遮住了她的眼睛，我看不清楚她是不是在流淚或是閉著的。

陳湘貞走到牆角，蹲下，竟然將破碎的陶偶，一片片拾起，小心地放在掌心。那樣的輕柔，好像怕一用力，它會再碎裂一次。

我就這樣看著，看她像在退潮的澎湖灣撿拾珠螺的婦人，安靜而專注地工作著。

春華一仰頭，深吸一口氣，也走過去了。她過去和陳湘貞一起撿拾，將一地的陶偶碎片撿在掌心。窗口的夕照投射在她們背上，亮得教人看不清楚；我不斷眨眼，越看越模糊。

她們撿了碎片捧回工作檯，再回去。

誰知「姊夫」一伸手，又將那些碎片掃落地上。我心頭緊縮，禁不住也發抖。「姊夫」怎麼了，這樣狠心，他不怕把葉英三毀了？他會把葉英三毀了，他怎麼可以這樣，他怎可以再掃掉那些碎片！

陳湘貞和春華嚇得閃躲一邊，她們又蹲下去，撿拾撒了一地的碎片，一片一片放在手掌心。阿潘和含羞草緊跟著離開座位，移動到摔成了土末的陶偶堆，一手掌一手掌刮著地面，將土末捧回工作檯。我的腸胃急速摩擦，彷彿攪拌在一起，痛得直想彎腰坐下，痛得發暈、冒冷汗，反胃欲嘔。

那個林賓，竟也一掌將他捏塑的孫悟空壓碎在工作檯，一次一次地磨著。啊！每個人都瘋狂了，都像陌生人，陌生的狂人。我抱腰坐在轆轤旁，看見葉英三走一步、停一步，又走一步、停一步，半跑半走奔到陳湘貞身旁。

葉英三撿起碎片，也捧在掌心。

他捧回陶偶片，堆在工作檯，走到「姊夫」身邊。我看見葉英三開口，他說道：「老師，我可以重新再塑一個嗎？可以嗎？」

我張嘴，猛力吸一口氣，憋住，發不出任何聲音。我看著工作室，用力睜眼，還是看不清，眼前的一切，如雨窗外的景物，淋淋漓漓，迷幻不清。

只有淅淅瀝瀝的雨聲，從工作室的屋頂天窗穿進來，從瘠孔細密的硓砧石牆滲進來，從滿地陶土的地板升上來，漫天蓋地，蓋地漫天，連同那些雨絲，要將人掩埋。

「可以嗎？」

「姊夫」怎麼不回答？

【第八章】

吉貝沙灘上的陶片

星期六，葉英三家的船，在馬公港等候我們。

葉英三和他爸爸站在船舷邊，扶我們一一上船。陳湘貞好像他們葉家的人，竟然也早早來了，忙著招呼我們，幫我們帶路，一一安頓好。

「根本不必坐，男男女女都來學捕魚。哪個澎湖少年不會捕魚？來，我來教，」一位名喚「順利叔」的漁夫扠腰笑道：「尤其像英三，身高五尺半，百多斤，這等身材不上船捕魚，也實在太可惜。」

「他們都是讀書人，誰想捕魚？」葉英三的爸爸說道：「不被魚捕走就不錯啦。」

「讀書人又怎麼樣？讀書人腦筋好，魚捕得多；算術好，不會看錯斤兩；這種材料最適合上船。」

「英三，你有什麼打算，說來聽聽？」順利叔問道。葉英三站在駕駛台的船舵邊，只會訕訕地笑著。

「姊夫」開口說了：「葉先生，感謝你特別繞道，載我們去吉貝，我代表學生向你說謝謝。」

「不要講得這麼客氣啦，老實講，平常想載你們，也載不到！」葉英三的爸爸掌舵，漁船噗噗離開碼頭，朝外海駛去，風浪聲加大了。他拉開嗓門宣布：「我們英三在家是很乖啦，不知在學校怎麼樣？老師，他要是犯錯，你不必對他客氣，該怎麼整頓他，就怎麼整頓，太疼惜會害了他。」

漁船一出港，便有三條海豚游過來，牠們潛水、騰空、翻滾，跟在船邊，發出嬰兒撒嬌的啼叫，又像水中特技演員，在船頭交叉飛躍，賣力演出，希望賺我們熱烈的掌聲，逗得我們笑個不停。

「嘖嘖嘖，連海豚也沒見過嗎？全是冒牌澎湖人。」順利叔看得很不滿意，搖頭苦笑。「姊夫」和葉英三的爸爸在舵房聊學校的事，我們跟葉英三乾脆集體挪到船頭，不怕人笑地看個仔細。

兩小時後，漁船駛到吉貝港外。葉英三的爸爸說：「『永滿載』就在吉貝附近撒網，明天這時接你們回去。」他又對船頭叫道：「英三，出門要大方一點，不能像在家那樣，縮手縮腳，閃閃躲躲，不會開口跟人打招呼，做人要開朗一點。」

他到底在說誰呀！葉英三還不夠大方、不夠開朗？他什麼時候退縮閃躲過？

我們聽了，實在是忍不住，又是一陣大笑。

在吉貝嶼上岸，卻沒看見那一行考古隊。

我們來到碼頭正前的協天宮廣場。左三條巷道，右三條巷道，硓砧石砌築的房舍同一樣式，我們彷如站在迷宮圖的起點，不知往哪條巷道走。

從地圖看來，吉貝嶼是個小島，誰知落腳後，才知這島嶼的地形高低曲折，房舍巷道複雜，不小心走，恐怕還會迷路咧。我們挺胸拉脖子，東張西望，林賓站在石階上，掃視一圈，說道：「房子不少，但沒有看見幾個人影。」他說：「這樣好了，我們來猜拳，贏的人，選一條路，這很公平吧？」

這個林賓太荒唐，簡直是瞎猜，什麼公不公平！

羞答答的罔惜，偏頭，聳著一肩，她細聲說道：「好不好？我去那家雜貨店，問一問。」

含羞草居然也會主動要求什麼，她這種勇敢的表現，讓每個人驚訝。她踩著小碎步走去，看著她的背影，林賓又說道：「這個含羞草厲害，剛才聽葉英三的爸爸說『出門要大方一點』，馬上被她學會了。」

更讓人驚訝的事，還在後頭。

不久，含羞草從雜貨店回來時，身旁跟了一個小男孩，甜膩膩地叫著她：「罔惜姊，罔惜姊！」小男孩在她身旁兜圈子，好像捨不得走，含羞草索性牽他的小手，摸他的頭，同樣是疼惜得不得了。

這又把我們看傻眼了，誰有這種功力，到雜貨店轉一圈，便認了一個乾弟弟回來？就算號稱最大方的林賓和春華，恐怕也沒把握吧，其他人更不用說了。

「罔惜姊，我媽媽要做紅龜粿，送給你們吃。媽祖生日那天做的一些，都被吃光了，我吃得肚子這麼大。」小男生大聲說，他看見我們，又問：「這就是你的老師和同學哦？我以後長大了，也要有很多老師和同學，這麼多、這麼老、這麼大。」

這罔惜，眞眞不是普通厲害，她進出雜貨店一趟，不只認了乾弟弟，連乾媽也認了一個吧？我們託她的福，還有紅龜粿可以吃咧！平常，我們太小看她了。

罔惜說：「考古隊的人，已經來了好幾天，在東岸的大木魚附近。那地方我知道，小弟還要陪我們去。」那個小男生又補充說：「他們都背布袋，每天撿破碗、破罐，我爸爸說他們吃飽太閒，說統統是台北來的人。」

「罔惜，妳怎麼這麼厲害？」林賓問道。

罔惜還是那種怯生生的樣子：「沒有哇。」

「罔惜姊本來就很厲害，她也會補破網，」小男生挺胸說道：「誰欺負她，我就跟他打架！」說著，掄起小拳頭，露一招不知什麼拳術，很有威力的樣子。

「姊夫」不說話，在一旁笑著，像個沒事人。大家好像被小男生的拳頭風掃著，散開，退到石階上，我問說：「罔惜，妳這個小霸王乾弟弟，可以去拍武俠電影，當第一男主角。」

「他是我堂弟，我叔叔的兒子，才會走路就跟人學少林拳的。」

「妳怎麼沒早說，妳來過吉貝嶼幾次了？」

「數不清楚，我小時候也住在這裡，」罔惜怯怯地說：「上個星期，媽祖生日那天，才回來過。」

大家彷彿發現騙局，齊聲大叫：「妳怎麼沒說？怎不早說？」那雜貨店的老闆娘，不正是她嬸嬸嗎？含羞草從知道要來吉貝嶼，到搭船上岸，到大家茫茫找不到路，都沒開口，她跟在隊伍後，簡直比觀光客還像外地人，我說：「妳裝得太像了。」

「沒裝呀，又沒人問我。」

「害我們提心吊膽！妳早該說這是妳的故鄉嘛。」

「吉貝嶼很小，不會迷路。」

小男孩呀一聲，擺出功夫架式，朝空舞了幾拳，看得我們閉口掩嘴。他虎虎生風，向我逼近，說道：「你敢欺負罔惜姊，看招。」

罔惜趕緊拉住他肩膀，勸他：「他是我們班長，不可以這樣。」

小男生似乎被「班長」的頭銜唬住了，騰騰殺氣收回了三、五分，但是，還對罔惜說：「姊姊，有我在，妳不要怕。班長比王爺大嗎？」

這時，「姊夫」伸懶腰，舒鬆筋骨，好像看了一幕精采短劇，他拍掌三聲，說道：「玩夠了吧，現在請罔惜和這位功夫小弟，帶我們去和考古隊會合吧。」

白花花的海灘上，立著一座超大型的木魚，大木魚紅咚咚，被碧綠的海水襯托得格外醒目，像個漆錯色彩的堡壘。

怎麼會把寺廟誦經的木魚，造這麼大，不擺在觀音寺裡，偏讓它在海邊日曬雨淋？罔惜說：「這是鎮風辟邪的寶物，吉貝嶼的另一岸，還有一座銅鐘，也和這木魚一樣大。」

有木魚還有銅鐘，一叩一鏘，敲響起來，澎湖各島不都聽見嗎？

「這不能隨便敲，遇到很重大事情，村長允准了，才能讓人來敲它。」

「什麼不得了重大事情？」

「譬如媽祖遶境，村長要開會啦、火災啦、還有……」罔惜說得吞吞吐吐，哦，我們心裡有數了，知道還有什麼事，才用得著費這麼大力氣，派人來敲鐘、敲木魚。這種事，很不吉利，大人不准我們隨便開口的，那功夫小弟卻跳出來，他說：「就是漁船翻肚，人掉到海裡，快要十七兩翹翹，全吉貝的人都去救他啦，這也不懂！」

哎，這小弟未免懂得太多，也太愛講話了。

林賓抽他兩根頭髮，逗他玩，小弟眼怒凶光，確定了林賓那隻「凶手」招惹，馬上耍出他的花拳繡腿，一陣猛打。林賓被追得像飛一般，繞著我們團團轉，我們不理睬，不理林賓哎哎叫，讓他們打鬧去！

六、七個背布袋的人，果然就在大木魚附近，彎腰搜尋。「姊夫」早拔腿奔去，一邊還呼喊著：「宋教授，宋教授——」

我們像一群山羊，跳過花生田的田溝，跟著奔向海邊。那六、七個背布袋的人，起身揉腰，笑呵呵地向我們招手，每個人手上，果然都持了破瓷片。功夫小弟說道：「我沒有騙你們吧？他們撿破碗、破罐，撿了一布袋。我爸爸說，他們……」罔惜趕緊拉住他，葉英三蒙他的嘴。

那功夫小弟扭動，掙不開葉英三的手掌，開口便咬，葉英三痛得跳開了，問說：「少林拳有這招咬功嗎？」

「歡迎各位來參加。我們第一個認識的吉貝人，就是這小弟，不怕生，愛發問，將來可以當新聞記者。剛到吉貝那一天，他還當我們的嚮導。請他吃乾糧，他不要，說要吃紅龜粿，我們哪有紅龜粿呢？」中年人的雙鬢已有一些銀髮，他便是我們「姊夫」的大學老師宋教授，他說：「向各位介紹，這位是地質系的林教授，也是這次考古調查的領隊。」

林教授點頭示意，說道：「澎湖子弟來了解本地的考古活動，很有意義，這些先民留下的陶瓷，具有研究價值，可以說是無價之寶，」林教授說話的音調很柔和，神情像談天又像上課。他指著身後那幾個背布袋的人：「這次，特別邀請這幾位歷史學和陶瓷學研究者前來，希望能做出比較完整的調查報告。我覺得，這是很珍貴的。」

「我們對於澎湖的開拓史，了解太少；難得的機會，請各位老師、各位專家多給我們指導。」「姊夫」說道。

「雖然我在一九五二年間，曾經兩次來澎湖調查研究，在這個吉貝嶼發現過兩處宋代遺址，挖出中國陶瓷、鐵器和北宋神宗『熙寧元寶』銅錢，可惜，陶瓷史和宋元的歷史不是我鑽研的範圍，所以一直沒有突破的完整報告，」語調柔和的林教授說：「宋教授的加入，讓我非常高興。爲什麼澎湖的許多島嶼，會散落這麼多宋代和元朝的陶瓷碎片，以多位專家的智慧和學識，也許可以理出一個頭緒來。」

「這些陶瓷碎片，是宋元時代的東西？」我靠近宋教授，看他手中所拿的碎片，很難相信它是七、八百年前的東西，「怎麼會丟在海邊，沒人要、沒人知道？澎湖的開發有這麼久嗎？」

「問得好，這也是我們的研究主題之一。」宋教授回答。「各位同學，專家在這裡，大家有什麼疑問，盡量爭取請教的機會。」「姊夫」對我們說：「我也要好好把握一下。」

林賓靠到我身旁，輕聲對我說：「會不會隨便說說，騙人的？我們澎湖這麼荒涼，怎麼會有歷史？你不要太相信，給人家看成憨大呆。」

這時，功夫小弟率先舉手發問，脆嫩嫩地說：「我們家賣的碗，才破一點點，人家就不要，拿回來換。你們撿了幾布袋，拿去賣給誰？」

背布袋的一群人大笑起來。宋教授摸著功夫小弟的頭，說道：「小弟，前天我已經告訴你了，這些東西不是撿來賣的，我們要背回台北研究，你知道什麼叫研究嗎？」

「不知道，是一種功夫嗎？」小弟瞪大眼睛搖頭。

語調柔和的林教授把功夫小弟抱起來，向大家說：「我孫子有他一半聰明就好了，只要他平安長大，以他這種懷疑精神，將來可以做很多研究工作。」

小弟讓林教授抱著，摟著人家的脖子，短時間內似乎沒有下來的意思。他雖然才五、六歲，看來體重卻不輕，我們怕累壞林教授，催小弟快下來。葉英三好心要抱他，小弟卻又擺出功夫架式嚇唬人，逗得大家笑歪了嘴。

入夜後，我們就在安奉著大木魚的海灘露營。

這是眞正的露營，不搭帳篷，坐臥珊瑚沙灘，只起一堆營火燒開水。囫惜的嬸嬸提來一大鍋南瓜炒米粉，這是我們的澎湖名菜，可以當主食吃；宋教授和林教授這些專家，大概沒人吃過。另外十幾張紅龜粿和一大盤紅椒炒海蟹、生涮花枝，裝在竹籃裡，讓功夫小弟隨後提來。

小弟不想再回家，堅持留下來研究，他媽媽拖不動他，只好交代罔惜：「今晚讓阿文留在這裡，要請大家多留意，阿文的睡相最壞，三天翻兩次到床下，我怕他睡到半夜，翻落海底，敲木魚、敲銅鐘也來不及。」

「不會啦，我是有功夫的人，」小弟說道：「我要抱一個人的腿睡覺。」

「你想抱誰的腿？」我們聽了很害怕，急著問他。

「還沒有想好，等我想好再說。」

一整鍋南瓜米粉和竹籃裡的魚蟹都見底，星星們陸續出現了。它們每一次的閃爍，總又喚來兩三顆，把幽深的夜空，點綴得燦亮迷人。

平止的海面，也布滿星星一般的漁火，它們彷彿逐漸向陸地靠近，又好像緩緩地遠離，我想著，七、八百年前，也曾有這麼多船隻在這海面落錨？他們是住在吉貝的人？還是飄洋路過的旅人呢？

考古隊的專家們聚在營火旁，掏出撿拾來的陶片，藉著火光觀賞，他們嘗試將碎片拼湊在一起，拼湊成它們原來的形狀。都破成這樣子，又零散了，怎麼拼湊呢？他們也未免太天眞了。

「這類陶器，是福建在宋元時期的外銷瓷；天目碗，珠光青瓷的風格。」宋教授說道。

「是外銷來我們澎湖嗎？」我問道。

「根據文獻記載，宋元時期的澎湖居民並不多，似乎不需要這麼多的陶瓷。」

「外銷到台灣？」

「到現在為止，並沒有在台灣發掘到一片宋元陶瓷，倒是在菲律賓、爪哇、蘇門答臘和馬來西亞一帶，有和澎湖相同的發現。他們的陶瓷比較完整，但數量又遠不如澎湖地區，而且是這樣散落十八個島嶼，包括六座無人島上都有大量出土。」

「這太奇怪了，」林賓說：「既然陶瓷碎片多得滿海灘都是，又不是外銷來澎湖，難道那些宋朝人，把澎湖當垃圾場，過來這裡傾倒？」

「不會啦！」葉英三說：「哪有這麼無聊的宋朝人，划那麼遠的船，把廢棄物倒在澎湖？要倒，他們不會倒在泉州？」

「這還差不多，要不然，太不公平。」

「根據我們推測，宋元時期的陶瓷貿易船，是經由泉州到南洋各國，他們可能以澎湖爲轉運站，或在澎湖增補物資避風，所以有這麼多外銷陶瓷留在這裡。」宋教授說道。

「這是您猜測的嗎？」我問道：「有沒有證據？」

「問得好。我們考古研究的人，所做的就是蒐集資料、歸納整理、找出證據，才能下結論。」宋教授嚴肅地說：「關於宋元時期台灣和澎湖的開發歷史資料，非常缺乏，也找不到有關澎湖航線的記載。但是，這並不表示這些地方、這些事情都絕對不存在；我們找到的這些陶片，和林教授發現的宋代遺址，也許可以接上這一段被遺忘的歷史，有足夠的證據能下定結論。」

「澎湖這麼落後，眞的會有歷史？」葉英三問道。

「難道，澎湖的開發比台灣還早？」林賓問道。

「怎麼澎湖人都不知道這些事？」我問道。

「根據這些歷史遺物的推算，澎湖的開發比台灣早了將近三百八十年，」林教授說：「雖然，澎湖是台灣的門户，開發得早，不過，限於先天的地理條件：腹地狹小、多風少雨、土地貧瘠、人口稀少，經濟上的發展便落後了。但是，經濟不繁榮，並不能抹煞它曾經有過的開發，也就是不能因此否定它的歷史。」

「我們今天所說的歷史，主要是指由人類操作出來的種種，再加上時間的串連。它包含很廣：政治、經濟、軍事、文化種種建設成果，都是歷史組合的一部分，」宋教授說：「我的意思，你們明白嗎？不要把澎湖的經濟不繁榮，直接推想成它沒有歷史。」

「太深奧了，聽不懂。」林賓說道。

「但是，很多人都說我們澎湖落後，連我們地理老師也這麼講，有什麼辦法？」葉英三說道：「能不能送我一塊小陶片，讓我拿去給他看，當證據，說澎湖有宋元時代的陶瓷，比台灣早開發三百八十年，看他什麼反應？」

我將一片陶瓷放在掌心，定睛看著。

「眼鏡，你想，地理老師看了陶片會怎樣？我保證他會發抖。」

我搖頭。也許地理老師會仰天大笑，笑得你根本不知該怎麼辦。

「這沒有太大意義，不必拿去給地理老師看。」「姊夫」從幽暗的角落發出聲音。他移到我們身旁，說道：「歷史的長短，有學術研究價值，但是，特地拿來證明自己家鄉的文化悠久，覺得比別人高明，卻沒有必要。」

「爲什麼？」林賓道。

「歷史終歸是歷史，那是先人創造出來的成果，並沒有我們的力量在裡頭。我們可以引以爲榮，卻不能自覺驕傲，拿去比，會很心虛。」

「不能比這個，我們不是輸定了？」葉英三問道：「這些宋元陶瓷，對我們又有什麼意思？」

「誰會永遠輸定了？」「姊夫」抓起一把珊瑚沙，用拇指一撮撮彈開，他說：「不要把任何比較，看成是爲了打擊別人、抬高自己，應該是策勵現在和將來。何必將比較看成絕對的惡意？剛才，陳亦雄問得好，他說：『爲什麼澎湖人不知道有宋元陶瓷？』這表示我們疏忽太久了，對自己的家鄉不夠關心和了解，一旦我們知道了，這些古物給我們最大的意義是，先民曾在這裡開創了文化歷史，我們更有信心去創造屬於現在、屬於我們這一代的歷史，不是捧著它們去和別人比高下。我的說法，你能同意嗎？」

「我還是覺得怪怪的，比一下有什麼關係？」葉英三挖著耳孔。林賓搔頭，也說：「眞倒楣！好不容易找到能和人比較的，卻又不可以比，這種悶氣很難消呀。」

「姊夫」拍拍林賓的肩頭，笑說：「存心要比，也比不完。就算我們澎湖的開發，至少在十一世紀的宋朝，要是跟印度比、跟埃及比、跟希臘比，那不又落後太多了？」

「不能這樣說。」林賓說道：「講到原始人的時代，什麼都不要比了。」

「要是所有比較，都是爲了求進步，而不是整天把『我們有悠久的歷史文化』掛在嘴上，而現在偏又過得亂糟糟，要是爲了鼓勵自己創造新歷史，還是可以比。」

功夫小弟斜靠在罔惜身上，點頭打盹，似乎完全同意「姊夫」的說法，其實，他的嘴角掛著一線口水，早已沉沉睡去。

春華和陳湘貞收拾了鍋盤碗筷，舀了海水洗淨，她們低聲交談著，脫下外套，替功夫小弟蓋上。春華說：「憑我們這些人，眞可以創造新歷史嗎？」

夜已深，海風轉爲柔和，那些考古隊員和衣躺下，仰看星光，帶入眠夢。只剩林教授和宋教授，他們持手電筒，仍挑撿著陶片研究比對。

林賓對我說：

「我們過去請教一個很重要的問題。」

葉英三和阿潘也跟過來，留「姊夫」一人在營火旁啜飲高粱酒。

「宋教授，請問這些陶片是不是要黏起來？」林賓問道。

林賓的問話，嚇我一跳：「細聲一點。」我知他想請教黏結那個破碎鏤空筆筒的方法。

「盡可能這麼做，那要看破碎的情況如何，越精細的，越難復原。」宋教授說：「總是要盡力試試；眞不行，也只有放棄。」

「宋教授，用什麼方法最好？」林賓又說道：「宋教授，請你說小聲一點。」

「爲什麼這麼神祕，怕吵醒大家嗎？」

「……怕一個人聽見。」

「除了參考有關資料，了解它本來的造型，最要緊是細心，然後使用特製膠水，」宋教授從衣袋掏出一個瓷瓶，像食指這麼細，還有個小瓶塞，非常精緻可愛，「這瓶送給你，小心使用，不要摔破。」

宋教授的贈送太突然，林賓反而客氣起來，不敢伸手去接。

「拿去呀，也當作紀念。將來在澎湖撿到古物，可以試著將它們黏結起來。這類工作，要是能由本地人採集、整理和研究，意義更大。」

我代林賓將膠水瓷瓶收下。這麼小巧的瓷瓶，放在手心，又覺得沈甸甸，我趕緊握住，怕「姊夫」看見會問起，我轉身將瓷瓶放進褲袋，還是覺得它往下墜，只好提住褲腰，離營火遠遠地坐下。

星光下，潮水正一波波後退，珊瑚沙磨搓出細柔的聲響，若有似無。我凝望越聚越多的漁火，分不清它們是靜止的，還是向著沙岸駛來，恍惚間，我以爲它們便是宋朝的貿易船，上艙載著絲綢，下艙載了陶瓷，正要靠泊登岸。營火旁這些側躺的人，是早先登岸的宋朝人，他們一路張帆、收帆、划船，顛簸前來，個個都累了。

不知宋朝的人，怎麼看待我們澎湖群島？是一群不起眼的小島，只是一座不得不落腳休息的轉運站？

應該也有人喜歡這裡吧，否則，澎湖的人從哪裡來？是心不甘、情不願被徵召來的守軍，還是身體不適的旅人，不得不留下？總有人眞心看上這裡豐富的漁產，喜歡我們澎湖帶有鹹味的清水，然後定居下來吧？我這樣想著。

「宋朝和元朝的人，把破瓶、破罐丟在澎湖海邊，太不夠意思了，」林賓說道：「你知道嗎？我愈想愈生氣。轉運站就像倉庫，好的東西運走了，留下破爛的、沒人看得上的淘汰品，每個人都記得漂亮的東西，忘了倉庫，對不對？」

「不要想這麼多，古物怎不都是破破舊舊的，有的連碰都不能碰一下。」葉英三仰身躺著，雙手擱在後腦當枕頭：「反正，澎湖的歷史，比台灣早三百八十年，這是地理老師不能否認的。」

「眼鏡，你是南瓜米粉吃太多，怎麼一晚上沒聽你說幾句話？」林賓問道：「我知道了，你在想事情，想著要搬去台北的事。澎湖也是你家的轉運站，你們家的倉庫，對不對？」

「阿賓！」我大叫一聲。

我沒想到林賓會說這樣的話。搬離澎湖，是我們全家的行動，就算我不想搬，能影響爸爸的決定嗎？我就要離開澎湖，但我還是喜歡這個地方，這裡的同學和鄰居，可是，我說出來，誰會相信？我一氣急，更說不出話。

「我就在你身邊，不要叫這麼大聲，把人家吵醒了。」林賓又問道：「難道你在想怎麼黏貼那個禮物？」

「什麼禮物？不是要黏陶片的嗎？」葉英三問道。

一直悶聲不響的阿潘，挑在這時說話了：「我們導師送一件禮物給陶老師，被他們兩人摔破，比那些陶片還碎，他們一直在傷腦筋。」

林賓把阿潘拉得老遠：「這是祕密呀，你怎麼到處說？」

「葉英三是我們一夥的，又不是外人。」

「讓你這一說，再大的祕密也會長腳，讓全校都知道了，怎麼辦？這種事不能亂說的！」林賓緊張兮兮地教訓阿潘，「罰唱催眠曲，把我們催到睡著為止。」

阿潘要求我們不能看他，他坐沙灘高處，輕柔地唱起一首又一首的歌曲，阿潘的歌聲向來都好，在這樣的海濱靜夜，有細細潮音伴奏，有閃爍星星旁聽，他放膽唱來，即使最最笨的耳朵，也能聽出歌聲的美妙。阿潘的膽子就是太小了，他的斯文模樣包含了太多的羞怯和退讓，所以損傷了他的歌唱天分。這麼好的歌聲、這麼靜美的氣氛，在我家搬離澎湖後，是否也從此永別？這一走，算不算我背叛了澎湖？我眞想說：「澎湖不是我人生的轉運站，它是我永遠的故鄉。」但只有這麼一句話，林賓會相信嗎？愛唱歌的阿潘會相信嗎？春華會相信嗎？在遼廣的夜空，總有一顆星星能相信吧。我也在阿潘柔柔的歌聲裡睡著了。

【第九章】

順其自然才是圓滿

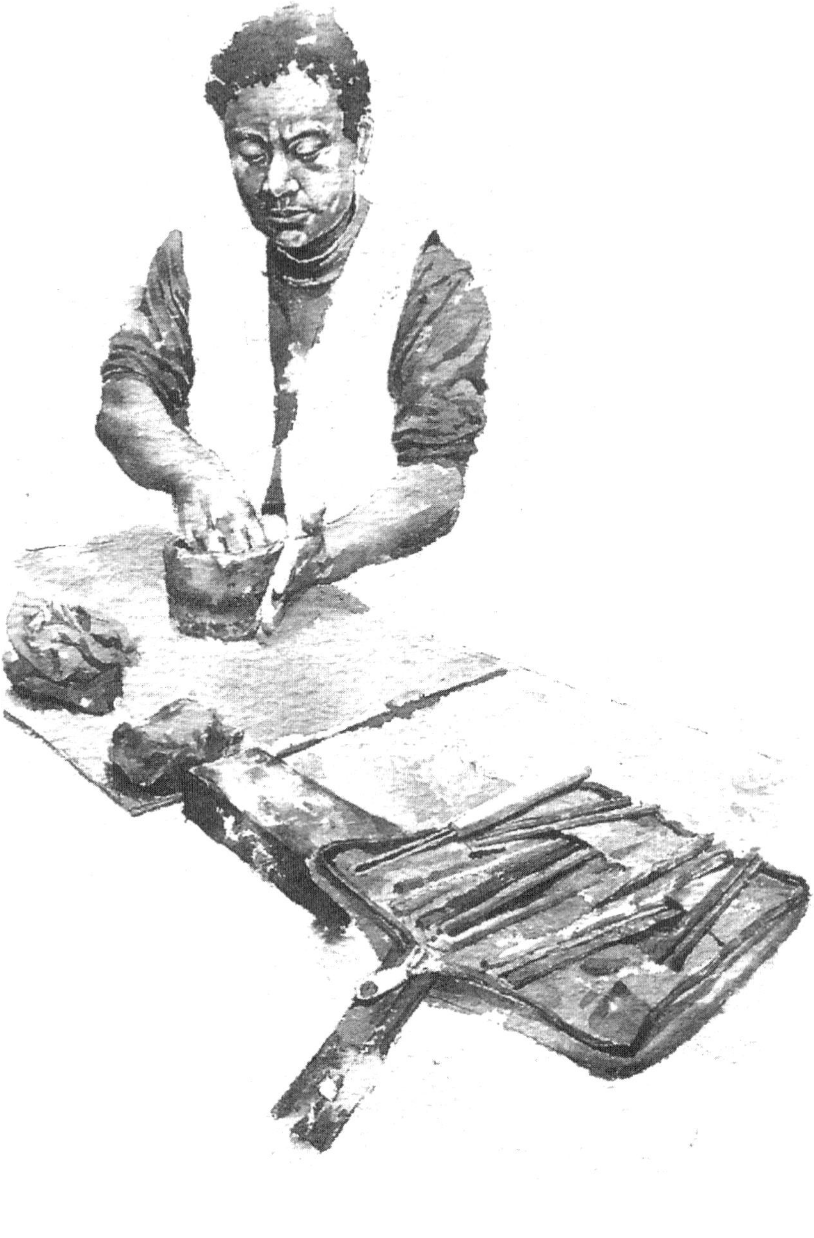

通往工作室的小路，黃、紅色相襯托的天人菊開得正茂盛，三五株、十幾二十幾朵聚成一落；它們長在低窪處，長在高處，長在硓砧石擋風牆的牆腳；幾十落，千百落，鋪成望不盡的花海。

從吉貝嶼回來後，大家對陶瓷工作的興趣，更加高昂。

除了春華的一對陶瓷枕頭，每個人都再三改變了構想的造型。大家不說，心裡似乎都這麼想著：既然古代的人，沒留下一件完整的陶瓷給澎湖，我們總可以自己做一些吧？

含羞草罔惜想做個蓮瓣紋的盒子，阿潘想做高頸青白瓷瓶；林賓的大米缸暫時擱下，改成一組印花碗碟，三碗六碟，一組九件。陳湘貞和葉英三合做水壺、水罐，說是一組六件，大小都有。

我想改做小口寬肩花瓶，想做葫蘆酒瓶，也想做貝殼形狀的花器，反覆想著，卻又回到當初設想的茶具。

「我的茶具，每件都要刻一朵天人菊。」

我這麼一說，大家又爭相仿效，也都想刻上菊花瓣。「姊夫」笑說：「這些造型，需要職業水準，你們有把握嗎？」我們顧不了那麼多，這一來一回的重新設計，已把我們折騰得頭皮發癢、耳根熱燙了，誰都不願再改變主意！

這些還不煩惱，眞正讓我和林賓驚訝和懊惱的是，那個「禮物」：破碎的鏤空筆筒，失蹤了。

這件事，在我們從吉貝回來的第二天便發現。

牆下，沒有異樣；兩塊牛糞大餅好端端壓在那坑洞上，甚至連林賓摘了插在牛糞上的一朵天人菊，乾枯了，卻也還在。筆筒碎片連那藍色小布包怎會被一起提走，都不見了？

「奇怪！這碎片也有人要，又不是幾百年前的古物。」

誰拿走的？拿去幹什麼？

除了我們陶藝工作的夥伴，再也沒人知道這件事。

七個嫌疑犯，應該很容易調查。我和林賓，當然不可能有嫌疑。我們約集了其他人，來到「案發現場」。

含羞草說：「我沒有拿，眞的！」我和林賓聽她說話有顫音，馬上用懷疑的眼光瞪住她。含羞草聳著一肩，不敢正眼瞧我們一下，又說：「眞的，我沒有拿，我，我沒說謊，你們可以到我家搜查。」怪了，她怎麼生來一副嫌疑犯的樣子？還要我們去她家搜查？

「你們兩個不要發神經，罔惜不會做這種事，」春華說道：「吉貝回來後，我們兩個都在一起。你們懷疑她，爲什麼不懷疑我？」

「哦，是不是妳們一起拿走的？」林賓問道。

「太奇怪了！摔破人家的禮物，不敢承認，東藏西藏，現在給牛叼走了，又來懷疑誰誰誰，」春華訓道：「眼鏡，你不要跟傻瓜阿賓挑一擔。」

「妳的意思，是說妳們兩個沒作案。」林賓說：「好，那麼妳告訴我，誰拿走的？」

「爲什麼要我告訴你，干我們什麼事？」

「我也沒有，我敢發誓。」阿潘不等人問，自己發言：「你們可以檢查腳印，看看有沒有我的？」

可以留做證據的痕跡，早被我們踩亂了，比什麼腳印？林賓說道：「我們太大意了，應該先封鎖現場！」他轉頭瞪著葉英三和陳湘貞。

「看我幹麼？我沒有，我根本不知道你們丟了什麼？」

「還說不知道，在吉貝時，你不是偷聽了嗎？」

「不要講這麼難聽，偷聽什麼？我根本不知道你們說什麼禮物。」

每個人都否認，也敢到天后宮燒香發誓。這個藍色小布包失竊案，眞成了無頭公案，辦不下去了。

「會不會眞給牛叼走了？」

天方夜譚，這怎麼可能？哪頭牛這麼厲害，牠叼走小布包，又把牛糞大餅蓋好？那牠不是金氏世界紀錄的特異功能神牛？

「會不會『姊夫』自己拿走的？」

我一想也對，那天午休，在這硓𥑮石牆邊，被他遇個正著，他的眼珠溜溜轉，也許看見了藍色小布包。但是，他怎麼敢來挖走呢？好奇嗎？也許當初他送鏤空筆筒給「姊姊」，就用那小布包包裹起來的。他悄悄將它帶回去了？破都破了，他拎回去幹嘛？

「還不簡單？問『姊夫』！你們不敢問，我去問，怎麼樣？」春華說道：「免得你們這樣疑神疑鬼，傷了大家的感情。」

「不行。」我說。

「不行。」林賓也說。

「既然沒這膽量，以後，不要再懷疑誰誰誰，」春華說道：「但是，我希望你們兩人鼓起勇氣，向『姊姊』或『姊夫』承認；瓶子破就破了，有什麼了不起？」

春華甩著頭髮，帶領一幫人離開「案發現場」，把我和林賓拋下，留在硓𥑮石牆邊發愣，我們像兩個辦案不成的糊塗偵探，反過來被一批「嫌疑犯」教訓了一頓，懊惱得不得了。

林賓說：「吳春華說得沒錯，我們應該向『姊姊』承認，她的禮物被我們摔碎，又丟了。眞倒楣！」

這種事，怎麼去承認呢？那不是教「姊姊」尷尬，教「姊夫」像撕了瘡疤一樣痛苦嗎？這不可以。

「你要當膽小鬼是嗎？」林賓看我不同意，著急說道：「你會被吳春華他們笑一輩子，我敢保證！」

整個塑陶過程，我們又重新來過一次，感覺像個嶄新的開始。

一鏟一杓地採集陶土，挑回工作室粉碎，篩掉雜質，再取水浸泡調合。揉土的時候，「姊夫」教我們一招「菊練」：扭轉揉搓，把黏土揉成像菊花的花瓣模樣，他笑說：「這揉起來，費時費事，但也最能除去黏土中氣泡，讓黏土更結實稠密，陶土經過這樣的鍛鍊，將來進窯燒冶，比較不會破裂。」

我們的陶藝工作室，可以兼做音樂教室了。

林賓帶頭唱歌，阿潘三番兩次幫他提詞，這裡補一段，那裡補一句，他聽不下去了，索性接班帶頭唱。

葉英三的口哨，原本不太高明，一吹再吹，伴奏和音，總算不太離譜了，也變得悅耳動聽了，這給我們很大信心，連含羞草都放開口哼唱，其他人更甭說了。

比起揉土和捏塑粗坯，陶品的整修裝飾，實在麻煩得多；用竹刀搔刮，用柔軟的獸皮修邊，海綿、滾筒、拍扳、鉋子、穗梗刷、鋸齒梳，還有一種模樣像竹蜻蜓的東西，小巧可愛，是拿來測量陶品的直徑和深度。可光是這些工具，便教人眼花撩亂，動起手來，手指都要打結了。

「用不慣哪，老覺得礙手礙腳。」我說。

「因爲我們還不熟練，但不能這樣就說它沒用、累贅。」「姊夫」微笑著，雙手一拍，說道：「把那些稜稜角角磨掉吧！將來進窯時，不會你碰我、我碰你，碰得所有作品都受傷了。」

「姊夫」在一張獨立工作檯忙著，他拿著細尖竹片，一刀刀挖著陶瓶，這是什麼造型？我心頭一驚，他在製作什麼？

「姊夫」低頭，小心翼翼地將陶瓶挖下一個網孔，動作慢得好比靜止一般。我停下工作，凝視那只陶瓶，瓶身上勾畫著縱橫交錯的細線，分明就是鏤空筆筒的形狀。沒錯，「姊夫」再重新捏塑一只，他是一刀一刀在鏤刻著。

「姊夫」深吸一口氣，緩緩吐出，對我點頭。似乎對我說話，又像自言自語：「順其自然最好，太刻意強求，反而不能圓滿。」他用竹片再鏤出一個網孔，又說道：「破了就破了，連綴不起來。再捏塑一個，當做是留下紀念吧。」

「姊夫」說的這些話，大家都沒有反應，埋頭忙著自己的陶品。想來，這些話，只有我一人聽見了。

這時，我心中已有七分明白，鏤空筆筒的事，只有我和「姊夫」共守祕密，不必再追問了。還有的三分疑惑，是他和「姊姊」的「不能勉強」。他們究竟出了什麼問題？看來很登對的兩個人，怎麼會合不來？我不懂得這些，也不好緊緊追問，就算我知道情況，也實在沒有把握開導他，這件事，只有這麼擱下吧？

「姊夫」揉著額頭，苦苦笑著，突然，他呀一聲叫起來；他手握的那支細尖竹片，戳進了右眉梢，鮮血噴湧出來。

「怎麼樣？怎麼樣？」

他眉眼的部位，一下子染滿了鮮血。大家亂成一團，找急救箱，掏手帕，繞著「姊夫」團團轉，阿潘掏出手帕，卻不敢向前，他問道：「眼球被戳出來了嗎？啊——。」

「沒事，大家不必緊張，」「姊夫」自己掏出手帕壓住眉梢：「我自己不小心，痛一下就過去了，大家放心，痛一下就過去了……」他掀開手帕，讓大家看傷口。

「姊夫」的眉梢劃了一道兩公分長的傷疤，血止了，卻滲出透明的水液，順著臉頰流下。

「阿彌陀佛！老師，你差一點變成獨眼龍。」春華拿來急救箱，要爲「姊夫」上藥：「好險！這傷口很痛的。」

「我的身體健康，任何傷口都會好得很快。」「姊夫」訕訕看著我們，說道：「讓大家嚇了一跳，很不好意思。你們的心意，我明白。請大家不用擔心，我會好起來的。」

那支惹禍的細尖竹片，沾著「姊夫」的鮮血，「姊夫」也不擦去，順手在新塑的筆筒瓶口滑繞一圈，血漬迅速被陶土吸收了，好像塗上深褐色的釉藥。他繼續鏤刻那只筆筒，細細剔理出一個個心口，這眞是個費心的作品，染了心血的作品，將來，不知誰能得到它，不知懂不懂得珍惜？我的祝福，寄給不可知的未來，會不會太超現實了？

【第十章】

神奇的火煉窯變

春華是第一個知道我確定要離開澎湖的人。父親從台北回來，他說，珊瑚公司的營業穩定了，他專程回來爲我辦轉學，並且把搬家的時間訂在七月二十三日，農曆的六月十七日，大暑。

那天，在前去工作室的小路上，我把消息告訴春華。她聽了，哦一聲，走著，愈走愈快，居然快步向前跑，跑上開滿天人菊的草坡。

春華蹲下來，雙手捧起一把天人菊，高聲問我：「陳亦雄，你很高興，對不對？」

「沒有。我爸爸說，農曆七月不能搬家，所以要早一點走。」

「陳亦雄，你不喜歡去台北？」春華換了輕聲。

「台北很熱鬧，但是，我會跟他們說，我是從澎湖來的。」

「你真的敢跟台北的同學講？」她說得又輕又慢。

「我敢。」

「你敢講很多遍嗎？不怕你的同學笑你？」她站起來，眼光卻仍然停在滿地的天人菊上。

「我敢說就是了，爲什麼要說很多遍？」我拔尖了嗓子，說道：「有什麼好笑？澎湖比台灣早開發三百八十年！」我握住拳頭，也不知對誰生氣，覺得全身發熱，兩腳卻懸浮無力，氣沖沖地站不穩。

春華也沒多看一眼，還是慢慢問道：「你會記得我們這些人嗎？」她問：「會不會，會不會第一個把我忘掉？」

「拜託妳不要一直問，」我怎麼說呢？「我不會忘記妳、你們，妳不相信嗎？」

我的心頭像被交錯的麻繩綑綁著，她問一句，便勒緊一下，勒得我難受。搬家到台北，轉學後的情況，我根本不能預測，不知用什麼態度，才能和新同學相處。大家會怎麼看待我？雖然我愛我的出生地澎湖，但也嚮往台北的熱鬧繁榮，兩個地方，我都喜歡，這會很矛盾嗎？是不是就這樣，眞的背叛了我們澎湖？

「要不要我轉告大家，還有十天，你就要走了？」

「慢一點，讓我想好怎麼告訴他們。」我也蹲下，坐下，看著流淚的春華。

一排修飾後的陶品，覆蓋著濕布，底下鋪了報紙，立在工作室外的陰涼處風乾。那模樣，像極了「姊夫」和我們排排坐，納涼談天。

「我們希望陶品的乾燥，是均勻的。特別厚的作品，不蓋濕布，免得表面急速乾燥，內外的溼度不均，將來進窯，容易破裂，」「姊夫」說道：「可以借陽光來乾燥陶品，但是，最好等它收縮水分，慢慢蒸發後，再曝晒。」

「那要等多久？我想直接拿去晒太陽。」林賓說道。

「可以，當然可以試試看！」「姊夫」含笑，回答得很俐落，這倒讓林賓愣住了，回頭問大家：「有沒有人要跟我們一起拿去晒太陽的？」

靠牆坐著的一排人，沒有反應。

「全部都是膽小鬼，不敢！看我的，」林賓將他捏塑的一組印花碗碟，一件件搬到陽光下，三碗六碟，排成三路縱隊。晒不到十分鐘，我們的林先生搔頭摸耳，東張西望，又一件件把他的作品搬回來，只留一件小碗在日影邊緣：「讓你們看笑話，我才不要，留一件當實驗就行了，怎樣？你們還不敢咧。」

林賓的獨腳戲，唱到一個段落，草草收場。

陳湘貞忽然站起來：「老師，我們的陶品什麼時候才能燒製完成？

還要幾天？」她跟「姊夫」說話，卻看著我。

「還有幾個步驟，素燒、上釉，才能窯燒。單是進窯，就要燒上三天三夜，不能熄火。」

「這來得及嗎？」春華喃喃自語。

我們合力把油桶推到陶窯附近，又忙將各人的陶品捧了來。阿潘跟在「姊夫」後面，絮絮叨叨說話：「……最近，我每天都在想一個問題，不知道長大後可以幹什麼？」

「你知道自己的才能和興趣？」我們堵在陶窯口，要將陶品放進去，「姊夫」一手攔下：「裝窯先要有計畫：先觀察窯洞，想好順序，亂了，裝不多，也裝不好。」

「大家都說，我的歌喉不錯，我想學聲樂。」

「你自己覺得呢？別人給你讚美，還要你自己認定。」

「姊夫」要阿潘將所有陶品一件件搬進窯洞，他說：「大件的先放，再將小巧的填充在空隙，可以重疊，但是要小心，不要壓壞了底下的陶品。」又說：「早早確定未來的大方向，這當然很好，不過，不妨留下一點空間，容納其他的才能，畢竟未來的路還很長。」

供油管填滿重油後，「姊夫」點燃火苗，我和阿潘合力將窯門關閉。監視孔裏霎時熊熊火光，「姊夫」趕緊調整供油閘門，「剛開始的烘焙，火力不能太旺，素材裏還有水分，溫度急速上升，陶品會爆裂，好吧，今天做到這裡，誰可以留下來看火？」

葉英三養的豬又拉肚子，他摘了一大把銀合歡，得先回家。其他人陸續也走了，留下我陪阿潘看顧窯火。

我們坐在窯口，阿潘的下巴枕著膝蓋，面對窯門，想得入神。

「阿潘，我覺得，憑你的歌喉，將來可以好好學唱歌。」

「這，也許吧。」他的眼神和表情卻很篤定，讓我覺得陌生。他又說：「只怕我家裏供應不起。」

陶窯的熱氣烘得我往後挪了挪，我說：「阿潘，我，我家要搬了。」

「我知道，七月二十三日。」阿潘枕著膝蓋，動也沒動。我大吃一驚，又往後挪：「吳春華告訴你的？」

「我爸爸在漁會聽說的，你家還要移民到加拿大。」

我嚇得倒吸一口氣，猛然咳嗽，瘂著嗓子問道：「我怎麼不知？」

「也許吧，全馬公只有你一個人不知。」

「葉英三他們知不知？」

阿潘回頭，定定看著我，竟點頭。

我拔腿就跑，心裏叫喊著：我怎麼不知！我要變成外國人了，全馬公只有我一個人不知！爲什麼都瞞著我，每個人都在暗裏譏笑我嗎？我拔腿就跑。

我大步跑，穿過銀合歡，上了小路。吳春華和含羞草並肩走著，似乎聽見了我腳步聲，回頭看著。我趕過她們，一直往前跑。

「眼鏡，你怎麼了？」春華叫道：「被黃牛追，也不必跑這麼快呀！亦雄，出了什麼事？」

我跑到硓砧石牆缺口，發現通路又被那頭黃牛堵住。林賓正在費力爬牆，剛攀上牆頂。我跳起來，一腳從牛背跨過去。我聽見牆頂上的林賓，「嘩」一聲大叫：「眼鏡，今天這麼神勇？」他翻身跳下牆，尾隨在我後面：「是不是你惹了吳春華她們？」

我沒理他，一手扶住眼鏡，繼續跑。我穿過校園，遇見葉英三和陳湘貞，林賓在遠處大吼大叫：「把眼鏡攔住，他著魔了！」

葉英三將一把銀合歡交給湘貞，張手就要攔我。

我繞左繞右都不成，被葉英三攔腰抱住，我用力掙扎，兩人摔倒在地。「眼鏡，眼鏡！什麼事，跑得臉色這麼青筍筍？」他將我扶起來，按著我肩頭，又問；「日頭赤炎炎，這款跑法，全馬公的人都會被你嚇死。到底什麼事啦？」

我氣喘不停，一口氣老是吸不上來。

吳春華他們也追過來了，林賓按著腰：「拉肚子也不必跑這麼快，看他，燈芯火也吹不熄了。沒失火，沒沉船，也沒人追他，他像牛起狂，這樣跑？哎喲，害我肚子痛。」

「我家要搬去台北，還要去加拿大。」我還是喘不過氣。

大家怔怔看著我，林賓說道：「爲這個，你就這樣跑，現在就要跑到加拿大？眼鏡，小事不要這樣嚇人。」

春華拉著我的手肘，遞手帕給我：「阿彌陀佛，跑得這麼難看，擦一擦！」又對大家說：「走吧，慢慢走，誰都不要再跑，我們到觀音亭坐一坐。」

我們來到觀音亭，在亭前的石階上，一排坐下。

漲潮的海灘，那些用來圍捕魚群、砌成好看圖案的石滬，都淹沒不見了。潮水無聲地漲著，放眼所見，平靜安詳，只有風，在我耳後緩緩吹。

我看見一隻落單的紅色招潮蟹，高舉著一大一小的鉗螯，走走停停，向著我們坐處爬過來。我想：也許牠的洞穴，被海水沖刷，牠待不住了，才冒險爬行這麼遠，到廣場來避難，但究竟是避難還是享福呢？牠似乎已經看見我們，因此停住，不敢動。

林賓起身，說：「抓來給眼鏡做紀念，讓他帶走好了。」他才下石階，那隻紅色招潮蟹轉身便跑，沒命地朝著「石敢當」的石碑逃去。

春華喚住林賓：「不要惹牠，讓牠走。你沒看牠嚇壞了嗎？螃蟹哪愛搬來搬去？牠一定是不得已。」

我心中明明有許多話要說，卻一頭亂哄哄，挑不出話頭，憋得難受。我站起來，大家都吃一驚。林賓趕緊叫葉英三，一起將我抓住：「我跑得剛剛回魂，怎麼，你又要讓我們追了？」

「明天，我把照相機帶來，我們和『姊夫』合拍一張照片。」我說：「你們願意跟我合照嗎？」

「陳亦雄，你不要這樣講，你怎麼可以這樣講?!」不知誰這麼說，說得大家啞口無言。我們就這樣靜靜坐著，直到夕陽落入海平線，我還是覺得氣喘，一口氣總吸不滿、呼不盡，腦子裡滿是轟轟的聲響。

素燒陶品經過一天一夜，才完全冷卻。

春華的一對枕頭和含羞草的蓮瓣紋盒子，完好無缺。葉英三的水罐和林賓的一只印花碗，都裂成像個齒輪；林賓那只齒輪印花碗，果然是在太陽下強烈曝晒的那只試驗品。

「姊夫」的一對鏤空筆筒和我的一組茶具，鋪上一層白灰，我用細毛刷擦拭乾淨，幸好也完整。

素燒過的陶品，接近完成，端在手上，看來堅固、樸素而別具風味，不上釉也好看。

釉藥的罐身貼著一張張美麗的名字：黃瀨户釉、飴釉、柿釉、天目釉、青織布釉、辰砂釉、琉璃釉、黑眼釉，一罐罐顏色，看來並沒有太大差別的釉藥，眞可以變化出那麼多色彩嗎？

「塗上釉藥到經過再度窯燒出來，是個很奇妙的過程：透明釉加了百分之二的氧化鐵，變成透明土黃色釉藥，含量稍有不同，顏色就會起變化，甚至可以從明亮的米黃色變成黑色。」「姊夫」說：「窯變的結果常常出人意料；有人說，這是陶藝的最大趣味之一。」

「既然意外這麼大，我們乾脆亂塗一氣。」林賓說。

「經過窯燒火煉，陶品的色彩會有變化，但是，只要我們在事前嚴密控制，就算結果不盡如我們預期，也不至於相差太遠，總不會把米黃色燒成黑色。」「姊夫」說：「我們有接受意外的心理準備，但仍然不能放棄原先的計畫和努力。」

各人端著陶品尋找自己中意的釉藥，塗刷的塗刷，澆淋的澆淋。

「姊夫」坐在大門邊的矮椅上，細細清理他的那對鏤空筆筒，看我走近，舉起筆筒說：「就算色彩的變化再大，它本來的形狀還是不變的。」說著，「姊夫」朗聲地笑了，他用手背揉揉眉梢的疤痕，「陳亦雄，不管到台北或加拿大，你都要試著喜歡那地方。只要你還承認你的故鄉，將來有了更大的能力，你總會爲這裡做一些事，安心去吧。」

我想了想，想說「我會記得」但沒開口，只點頭，將這句期望放進內心深處。

我們將塗刷過釉彩的陶品，一件件送回陶窯，起火烘燒。我舉著相機，不斷獵取鏡頭。

春華領著含羞草和陳湘貞將棉紙染成各樣顏色，含羞草的巧手摺個大花球，讓葉英三爬上工作檯，居中懸掛起來。

林賓拉住色紙條，笑個不停。他告訴阿潘：「請你幫我記得，將來我結婚的禮堂，像這樣布置就可以了。」

阿潘竟然說：「好，我也一樣。」

三個女生笑得擠在一起，天窗下的大花球款款旋轉起來。春華笑說：「阿潘，你好好唱你的歌，不要學他。」

我們在這樣的笑聲裡，留下了合影，留下我們最燦爛的笑容。

我們提議請「姊姊」來參加歡送會，「姊夫」答應了，而且，他要親自去邀請。

六月十五的明月，並不比中秋遜色。

我們開窯取出陶瓷，每個人捧著光滑晶瑩的作品，自己看了，還要別人也仔細欣賞。葉英三提來他的水壺，叫說：「你們看，還不錯吧？」他笑得合不攏嘴，提著水壺在工作室兜圈子，險些和林賓的一組印花碗撞個正著。

爲我舉辦的歡送會和我們陶藝工作的結業，就在這驚喜的氣氛下進行，也讓我寬心不少。歡送會，不就應該歡歡喜喜地祝福？可惜，「姊姊」終究沒有來參加這次的聚會；她不會想到，我們從製陶的過程，改變多少性情，也不知我們多麼爲她和「姊夫」惋惜，她不知我們許下了二十年後再來相聚的約定，更不知我們多麼希望她能來。

那天的聚會，到了尾聲，「姊夫」把我們都喚回工作室，在工作檯上，他鋪上棉紙，紙端與紙尾就用那對新出窯的、完好無缺的鏤空筆筒鎮住。他從容懸腕，揮筆寫下「**努力愛春華**」一行漂亮的行書。

「送給陳亦雄的，對不對？」林賓大笑，眼珠溜溜望著我：「嘿嘿，我就知道。」

「姊夫」卻又裁好一張棉紙，同樣又寫著「**努力愛春華**」。他說：「送給每人一張。誰都只有一次青春年華，多想想、多學習、多多體會，珍惜自己的這段歲月。」

我凝視墨色飽滿的一幅字，輕輕將紙角的摺縐撫平。墨香，好似天人菊在陽光下散發的氣味，沁入胸懷，令人渾身舒暢。

陶藝工作室外，天人菊開得正好；工作室的窗框，恰似一面畫框：畫的近處是滿地的天人菊，迎風搖曳；圖中是一堵堵玄黑色的硓𥑮石擋風牆，三頭黃牛出現了，牠們甩著尾巴，在菊花和石牆間穿梭漫步。這樣的地平線盡頭，是一抹水藍的海平線，海上有五彩的漁船，漁船三五艘，船尾鼓起的浪花漫漶開來，正好和藍天上的幾抹白雲相輝映。

這一刻所見，也是我青春年華的一頁。這一頁永不褪色的圖景，該會從此烙印在我生命的記憶本裡吧？

【第十一章】

別上返鄉的勳章

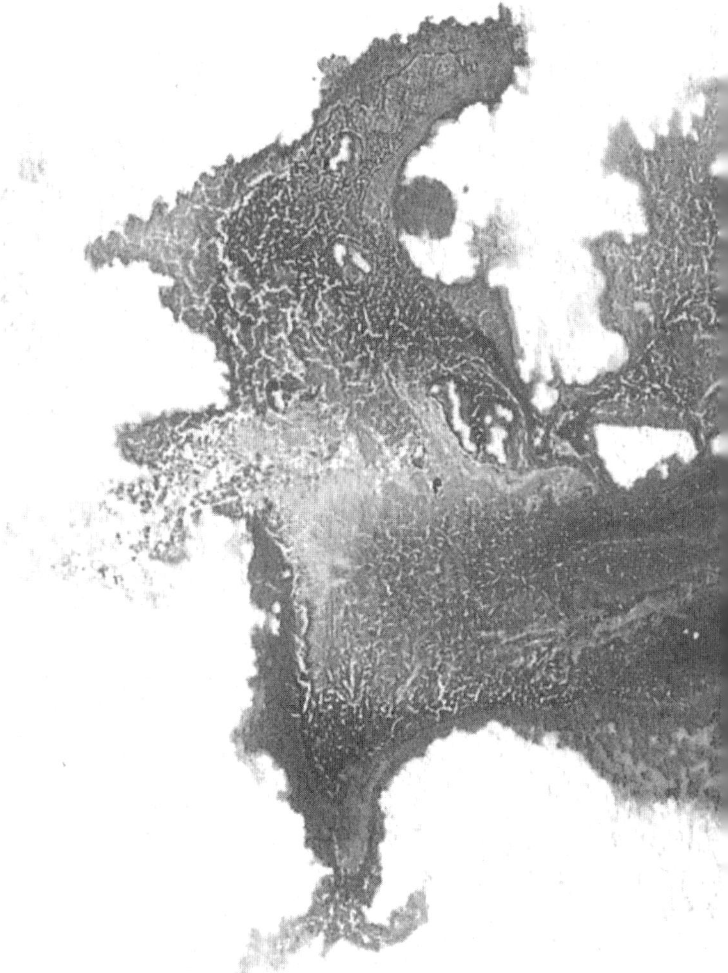

天色將暗，夕照凝定，卻又像黎明的晨曦；東北風夾帶著水氣，我也將它想成沾衣的晨露。是的，我是這樣的心情：陶藝工作室乍亮的燈光，彷彿剛浮出海面的太陽，這樣柔和溫暖，倘若它的光芒不隱含磁力，我怎會這樣愈走愈急？我提著一簍紅芒果，怎像給誰牽引著，腳步喚不住地三步併兩步向前行？

我看見工作室前方，冒起一陣火光，蛋白煙霧升上天際，一陣濃過一陣。爽脆的笑聲，遠聽如牛鈴叮噹，在草坡游走，是誰早早來到，把營火燃起來了？是吧？二十年了，我的老友。

在硓砧石牆邊，我停步，將眼鏡擦亮，我挺胸，大步而輕聲地向陶藝工作室走去，像第一次來這裏一樣。

放輕腳步，悄悄移到陶藝工作室背後。當我穿過銀合歡樹叢，赫然發現，圍在營火旁的，是一群十三、四歲的少男少女，我「啊」一聲，停步。怎會是一群少年呢？怎會是當年的我們？我簡直嚇呆了。

他們見到我來，怯生生笑著。男生們摩搓著雙手，拍掉沙土，女生們捏著長裙的摺線，縮著下巴看我。

「請問，你們是——」

「我們都在這裡學陶藝的，跟你們一樣。」身體結實，長了一頭濃密鬈髮的男孩問道：「請問您是陳亦雄叔叔嗎？您是第四名，已經來三位了，在工作室談話。」

我驚訝地望著他，這男孩的眉目，竟有幾分熟悉，若不是年紀相差太遠，我一定在哪裡見過他。沒錯，我見過他。

「我早就知道，陳列架上照片裡那個戴眼鏡的就是您，對嗎？」他這一說，女生們擠在一起偷笑。我起步走往工作室，卻又被他喚住：

「請慢走，我們幫你奏樂。」

我笑問那鬈髮男孩：「你眞像我認識的一個人，不知在哪裡看過？」

「我？我像我爸爸呀。」

一群孩子都大笑起來：「誰像你這麼皮？」

「他叫陶以德，他爸爸就是我們老師，」長了一口好牙的女生說道：「他是我們七個裡，最不乖的人，我說的對不對？」

「你是陶老師的孩子？」

「對呀，他要我們叫他師兄，沒人理他。」女孩說道。

背後有人叫喚我：「眼鏡！」

從工作室走出來的人，我一眼就認得，葉英三！

他對胸給我一拳，搥得我踉蹌倒退。站在他身邊的婦人，一個箭步向前，趕緊將我扶住，「年紀也不小了，還喜歡這樣打打鬧鬧，眞是的！孩子們都在仔細看哪，葉議員！」說話的婦人瞪眼罵道，回頭又叫：「陳湘貞，把妳先生帶回去，好好管教。」

什麼？葉英三眞娶了陳湘貞？我睜眼看著他們，又仔細瞧瞧說話的婦人，她落落大方，風姿絕佳，但也絕不是春華。

「班長，你的眼力眞差，認不出我？本姑娘就是林罔惜。」

「含羞草？妳眞的是含羞草？」

「不錯，本姑娘正是。」她大聲說道：「別再叫我含羞草了，現在，想害羞，也裝不來了。」她嘩啦啦大笑，分明是盛開的牡丹。

站在工作室門口的，不正是「姊夫」嗎？仍是一頭粗梗梗的亂髮，一襲棉布衫，一雙黑色功夫鞋和他註冊商標苦苦地微笑。

「陳亦雄，我知道你一定會回來，歡迎。」

我迎向前去，伸出手，才忽然記起「姊夫」手掌的勁道，想收回，來不及，手掌便像給門縫夾住了一般，我「呀」一聲叫起來。

葉英三拍掌大笑，問道：「還是一樣，老師的老虎鉗一樣夠勁有力吧？眼鏡，你怎麼連這個也忘了。」

「趕快進去，剛泡的一壺茶，別讓它涼了。」含羞草扯著嗓門招呼道：「你從大老遠趕回來，一定口渴了，你進來坐好，我們有兩條船的話要講呢。」

工作室的格局沒有太大改變，長長的工作檯仍居中放置，牆上的篩網、水瓢、水管一樣零落掛著。我們的合照，被放大，裝了框，和滿滿的陶品擺在陳列架上，那樣稚氣而羞怯的笑臉，讓我不禁仔細瞧著。含羞草卻來拉開我：「別看了，不看還不知老了。坐坐坐，聽說你得了博士學位，當教授，確不確實？」

「我的事慢慢說，先聽你們的近況，好吧？」

「我？從早忙到晚，每天炒辣椒、薰油煙，賣兩百份飯菜，都成黃臉婆了，有什麼好說？」她邊說邊笑。

眞要在馬公街頭見到含羞草，我一定認不出來，這樣開朗而充滿自信的神采，哪裡會是從前那個聳著半邊肩，傾斜臉頰，隨時會被驚嚇得淚漣漣的含羞草？

「我？二十一歲就嫁人了，三個孩子的媽媽，老大今年讀四年級了。我先生，全澎湖最老實的男人，放假了想去釣魚，都不敢讓我知道。」含羞草響亮地說，響亮地笑：「哎，我怎麼會變得這麼嚇人呢？」

「葉英三當兵回來，我們就結婚了。他媽媽要我照顧他，誰知道，這照顧就是一輩子？」湘貞梳個烏黑油亮的髮髻，言談之間，也是成熟婦人的風韻，「他念海事學校輪機科，跑了五年船，退下來到漁會，一直到當選縣議員。」她和葉英三並肩而坐，兩人的五官，竟愈看愈相似。葉英三雙手合抱，擱在工作檯，他含笑不語，靜靜聽湘貞說話，神情是幸福滿足的。

「已經連任兩居了，每次都是最高票當選哩。」含羞草說：「我是葉英三的義務助選員，一次要報銷三雙球鞋，跑得兩腿抽筋。你沒看他在台上，說得頭頭是道。憑良心說，全澎湖縣的縣議員就數他最敢發言，說得第一好！」

我怎麼不知？二十年前，我就嘗過他站在木板魚箱發表政見的厲害了。

「他的意見很多，每天在我身邊批評這、批評那，不如讓他出去一展抱負，我耳根也清靜些。」陳湘貞說。

「幾個孩子了？」我問道：「怎麼不帶來叫叔叔？」

「頑皮得很，上次到自助餐店，和含羞草的三個寶貝對三個，大打群架，把客人都嚇跑了。」陳湘貞問我：「我們的司機先生應該會來吧？」

「今天，是他到碼頭接我，應該不久會到。阿潘和春華呢？」

「阿潘打電話告訴我，他記得今天的約會，但他要在電視上跟我們見面。」葉英三說：「今晚的中秋節特別節目，他要唱一首歌獻給大家，你知道他已經是當紅的歌星嗎？」

鬈髮的陶以德匆匆跑來，說道：「柴火快被我們燒光了，」在他背後探頭看望的，是那個長了一口好牙的女孩，甜甜笑著：「月亮已經出來了。」

我們走出工作室。我問葉英三：「春華呢？她還在澎湖？沒有離開吧？」

「林賓沒告訴你嗎？」

我搖頭：「她怎麼了？」我看葉英三的神色非常怪異，不禁緊張起來。再看陳湘貞和含羞草，她們卻也問我：「林賓沒有告訴你嗎？」

「她今天不會來？」

「我沒有把握，春華是有情的人，我相信春華會記得今天的約定，就算她看破紅塵，這情分能斷得了嗎？」含羞草說道：「她到佛光山剃度出家，已經十年了。」

我的腦門彷佛被誰擊中一拳，眼前閃起白光！含羞草拉我到木麻黃林，陳湘貞也跟了過來。

「眼鏡，你不要難過。」陳湘貞說道：「這是她自己選擇的路，她一定想得很清楚。眼鏡，請不要用一般眼光來看她。我們為生活努力，她為她的信念努力，她過得很平靜，我和英三曾經到佛光山探望她，她的法號是『慈明』。」

「她爲什麼要這樣做？」

「眼鏡，大家不能爲她難過。」陳湘貞又說：「你眞想知道原因，抽空到佛光山看她，但是，我勸你要多考慮。我和英三，看她那樣靜定的神采，只能對她合十祝福。你專程去追問她，只會擾亂她的清修。我想，慈明師父也不見得肯告訴你。眼鏡，尊重她的選擇，給她祝福。」

營火堆，忽然射出一群沖天炮，瞬間化做亮麗的焰火，咻！咻！射向夜空，我抬頭仰望，看見明月高懸在木麻黃的枝枒間。

鬈髮的陶以德呼喊道：「太美了！太美了！再來一次。」

再來一次？多久以前我也曾經這樣呼喊過。

是的，當我們第一次到陶藝工作室的路上，春華甩開衆人，獨自跳過硓𥑮石擋風牆，她矯捷的身手，讓我不禁這樣喊叫。我實在不能相信，她那頭梳理得極好的黑髮，已經根根剃落；我實在不能接受，她矯捷的身手，披上了袈裟，雙手合十，莊嚴行走的模樣啊。

笑鬧間，孩子們又慌張列隊，竊竊傳話：「來了，來了，又有人來了，樂隊預備。」

他們拾起地上的鍋盤，叮叮咚咚敲起來。哼唱的歌聲，因爲壓不住笑意，全走調了。

從暗處走來的，果然是「小瘦子」林賓，他挺著圓鼓鼓的肚皮，說道：「這是什麼樂隊？重來，大家注意看，看我把誰請來了。」

林賓能請了誰來？他請動了誰來！

孩子們重新把隊伍排好，有意正經敲打，卻又忍不住笑意，還是不成腔調。大家伸長脖子往銀合歡叢望去，眞有個人影款款而來。

長著一口好牙的女孩，率先脫隊跑去，喊著：「媽媽，妳怎麼也來了？」

「姊姊」！來人正是我們的導師。

除了「姊夫」站在原地，我們一起擁向前，齊聲叫著：「老師，老師！」我們都已經步入中年了，可是，但是，還是沒有學會矜持。陳湘貞和含羞草一人拉著「姊姊」一手，甜膩膩地說：「老師，妳應該來的。」

男婚女嫁，都各有家庭了，二十年歲月，再回頭，可以說是匆匆一瞥，再細細思量，印證於眼前，卻又世事多變，任誰也預測不準；「姊姊」和「姊夫」都各有兒女了。

「姊姊」舒了一口氣，笑道：「剛才走在小路上，一顆心怦怦跳，我應該高興才對，卻偏偏緊張。你們不能笑我，一定不能笑。」

「我在加拿大，從訂好機票那天，就開始緊張了，」我說：「我無法想像，大家的容貌會有多大的改變，我怕每個人都相互不認識。老師，您是二十年沒變。」

「還能沒變？歲數都在中年的頂端了。老大已經十八歲。」「姊姊」摟著一口好牙的女孩，說道：「這是許倩倩，老二，和陶以德他們同班。」

細看她的眉目，眞有三分像我們的「姊姊」。她說：「陳叔叔，我媽媽常說您有多好多好，我們都久仰大名哩。每個人都想見您，跟您說話，她說您是她帶過的班級裡，最能幹、最用功、最帥的班長，眞高興能見到您。」

「許倩倩，妳太誇張了，妳眼裡還有我們嗎？」陶以德嚴肅說道，引來一陣爆笑。

這時，「姊夫」迎向前來，他踮踮腳跟，說道：「吳老師，歡迎光臨，這是妳第一次來陶藝工作室，我們什麼也沒準備，裡頭亂糟糟，不好意思。」

我們圍著營火，席地而坐。

明月的清輝，將沙地、木麻黃、銀合歡、遠遠近近的島嶼和海面，都照得恍如清晨。我凝視環繞左右的一座座「平口陶壺」，和平靜如湖泊、映照著月光的澎湖灣，心湖卻不能平靜。

「眼鏡，你怎麼停電了？」林賓說道：「談談你這些年的情形，大家都想知道。不過，我要說清楚，不准你哭哭啼啼，多說些得意的事吧。」

「是這樣，這些年來，我沒有掉過一滴眼淚。從初中畢業，全家移民到溫哥華，我好像一下飛機就長大了。雖然不是孤單一個人，你知道嗎？感覺還是像到了外星球：恐懼、緊張、懷疑，每天出門，睜著眼睛看，豎著耳朵聽。我最大的體會是，要適應環境、要學好語言、要和金髮碧眼的新朋友往來。這最終都要靠自己，我不能躲在屋裡，等人來安慰我，給我幫助。

「溫哥華的街市，整齊又繁華，各種民生物資都很充裕。我父親的珠寶珊瑚生意，一開始便做得很順手，我們的衣食無缺，但心情總是不安穩。溫哥華附近的洛磯山脈、太平洋和大草原，景色遼闊，非常美麗。我知道，將在這裡生活很長的時間，應該認真地喜歡這個新家鄉，但是，偏偏在心的深處，還留存著老故鄉澎湖的風聲、澎湖灣的潮水、馬公的街景和我們喜愛蹲著談天、吃飯和在碼頭看船的人影，還有我們鹹鹹的井水。沒辦法，你說好不好笑？」

月亮像擦拭得晶亮的銅鑼，已經懸掛在西台古堡的上空了；對岸的西嶼島和跨海大橋的輪廓，清晰可見。我接住「姊夫」遞來的一杯熱茶，輕啜一口。孩子們忙將月餅、南瓜炒米粉端來放在我腳邊；陶以德又到工作室抱來芒果、柚子、鳳梨和葡萄，滿滿堆了一地。

「你在陳叔叔面前堆這麼多東西，不嫌難看？好像拜土地公。」林賓說道：「他從那麼遠的地方趕回來，只想多喝我們澎湖的水，把水壺提來，讓他慢慢喝。」

「眼鏡，你的孩子多大了。」陳湘貞問道。

「我？孤家寡人一個，還沒有結婚。」

陶以德嚇得吐舌頭：「眞的？陳叔叔想當博士和尚。」

「姊姊」把陶以德拉過來，說他頑皮，要他乖乖坐著。他哪裡坐得住？吆喝許倩倩和其他的孩子再去找枯枝，一陣風似的都竄到海邊去了。

「陳湘貞在吉貝嶼做度假村生意，當老闆娘，就是在考古隊發掘宋元陶瓷的東北角那片珊瑚沙灘，蓋了十幾棟獨立小木屋，」含羞草說道：「你記得那件事嗎？」

「當然記得。」

「對了，我特別告訴你，含羞草那個會打少林拳的堂弟，你記得嗎，就是會打拳還會咬人的那個功夫小子，從台大歷史系畢業，去年回到吉貝國中教書。」陳湘貞說：「昨天，我還看見他，帶了一群學生，在銅鐘那頭的花生田挖坑洞，說在考古。」

「他還是那位宋教授的學生咧，」含羞草咯咯笑著：「別以爲他小時候活潑搗蛋，現在，完全是專家學者風格，想不到吧？」

陶以德又吆喝他的夥伴們，將電視機抬到室外來，他們碰碰撞撞，險些把電視機搬翻，「光說話，都忘了時間，節目已經開始好久，不知潘叔叔唱完沒有？」他說：「我們的動作實在太慢了。」

電視螢光幕上，出現的正是阿潘，他穿得一身白：白鞋，白長褲，摺袖的白外套，連領帶也是白色的；他的神態瀟灑，充滿自信，但我們才一瞥，他便鞠躬轉身下台了。

「完了，他唱完了，要不怎麼一露臉便走人？」林賓非常洩氣。

林賓剛說完，阿潘卻又出現了。他的新打扮讓我們的眼睛爲之一亮：唐衫、布袋褲，像個擺渡的船夫。

「各位朋友，現在，我要演唱一首新歌，獻給我澎湖的鄉親，和我們二十年前約定要在今晚相聚的好朋友，我要說『但願人長久，千里共嬋娟』。」阿潘望著我們，他說：「這首歌叫做『再見天人菊』。」

阿潘的背後，打出一片開滿天人菊的坡地，坡上還有黃牛和硓砧石牆，阿潘的風度翩翩，他唱著：

碧藍天空探望著　一群小小島嶼
萬萬千千　盛開著天人菊
南風來　北風去　你是否還記得
年少的足跡　留在黃花地
碧藍海波擁抱著　一群小小島嶼
萬萬千千　盛開著天人菊
黑潮來　寒流去　你是否還記得
親愛的朋友　破浪行萬里
拔不起的根呀我的思鄉病
黃色的菊花呀常在我夢裡
拔不起的根呀我的思鄉病

動人的歌聲，悠悠流蕩，每一句都觸人心弦，直入心坎，讓人不敢用力呼吸。

孩子們如在現場聆聽，跟著電視機裡的觀衆鼓掌：「唱得眞好聽。潘叔叔他小時候，也在我們陶藝工作室唱過歌嗎？」

「天天唱，天天唱，本人是他的第一和音天使，怕了吧？」林賓說：「我的歌喉也不錯的，下次，誰搭到我的車，我唱給他聽，保證他聽一次，終生忘不了。」

這時，「姊夫」終於開口，他說：「阿潘眞是有心人，這是一番好意，一件最動人的禮物。我也爲大家準備一份禮物，小小的，是一點心意，希望大家能喜歡。」「姊夫」捧來一只小木盒，緩緩掀開：是一盒子天人菊，陶瓷燒成的天人菊！

陶瓷天人菊紅色的花瓣鑲黃邊，釉彩的光亮，看來宛如沾著露水，花朵後面還串著一支別針。這樣精細的手工，不知耗去「姊夫」多少精神？

我雙手接住一朵，捧在掌心，久久說不出話來。

「來，讓我幫你別上，不知你喜不喜歡？」「姊夫」問道。

我像趕了千里路，回到總司令部接受勳章的戰士，在別上勳章的一剎那，那些長久奮鬥的疲累，劫後餘生的心酸，都煙消雲散了。我告訴「姊夫」：「走過世界各地，看過無數花朵，我還是最喜歡天人菊。」

「不公平哪，只有他們有，我們呢？」許倩倩說道：「這麼漂亮的紀念品，有錢也買不到的。」

「再過二十年，你們回來聚會，我也會送妳一件禮物，」「姊夫」

站在硓砧石上，用他朗朗的聲音說道：「各位同學，二十年後，你們要不要再回來？」

陶以德聽了，說道：「爸爸，那是公元二〇〇六年，二十一世紀了，那要等好久好久哇。」

葉英三代阿潘領了陶瓷天人菊，說等他回澎湖交給他。我拿起木盒中最後一朵，說道：「我親自送到佛光山去。」

陳湘貞望著我：「眼鏡！……」她說不下去，眼眶紅了起來。含羞草趕緊說道：「這樣也好，畢竟是同學一場，這是我們少年時代的紀念，出家人怕罣礙，但所有紀念都叫罣礙嗎？出家僧侶還是人，畢竟不是佛，哎！營火的煙太熏人了，來來來，學學阿潘那首歌。」

「眼鏡，你能多留澎湖住幾天？我陪你四處走走，」葉英三說道：「到我們的吉貝海上樂園，來個通宵長談。澎湖要怎麼發展，我想聽聽你的想法，我們需要你的意見，你不能藏私，要剖腹相見，從實招來。」

「一定！」

陶以德問「姊夫」：「我們是陶藝班第幾居的高材生？」

「二十居。」他爸爸笑說：「你眞的以爲自己是高材生嗎？」

「那很好，再過二十年，我可以和陳叔叔一樣，當老師兄了。」陶以德又問：「爸爸，您爲什麼每次挑七個人來？」

「姊夫」摟著他的肩，營火的亮光閃跳在每個人臉上，我們唱起阿潘的那首新歌。高材生、老師兄，少年的狂傲心性，其實含有更多的自我調侃和猶豫，說是當眞也心虛。誰不在快快長大的盼望裡，隱藏了對青春年華的眷戀？當年，我們七個人，不也是這麼走來的？

【第十二章】尾聲

波音七三七客機，在馬公機場跑道轉個彎，向前滑行，一仰頭，便升上藍天了。

我的額頭緊貼玻璃窗，俯瞰窗下；馬公機場、三五棟聚在一起的石屋、三五頭優閒漫步的黃牛、蔓延在黃土坡地的硓砧石擋風牆，還有成排的木麻黃和銀合歡樹，一切都在迅速縮小。我睜眼，努力找尋我們的陶藝工作室：他們說好，要在屋頂上向我揮手的！

我找不到，我看不見，飛機傾斜轉身，只看見一片長滿天人菊的坡地，我告訴鄰座的旅客：「你看，到處都是天人菊。」

他伸長脖子，笑道：「你的眼力太好了，在三千呎的高空還能看見花朵，先生？」

但是，我眞的看見了，而且看得很清楚。

飛機不斷爬升，往北飛去，我的臉頰貼緊圓窗，回頭看，認眞看，看大海中的六十四座島嶼，彷如一串文石項鍊，鋪在藍色絨布上，熠熠生光。

鄰座的旅客問我：「先生，你是第一次到澎湖觀光吧？多來幾次，你就不會感覺這麼新奇了。」

「我是澎湖人。」

他睜大眼睛：「澎湖人？愛説笑！你幹嘛看得這麼仔細？」

「因爲我是澎湖人。」

這兩天，葉英三陪我到漁翁島、桶盤嶼、望安島和七美嶼走了一圈。

我們在吉貝嶼長談後，心裡更明白，澎湖未經人工修整的「荒涼」，反而是它最大的發展資源。這裏的陽光、這裏的空氣和特殊的地理景觀，經過適當規劃，將可成爲最令人舒暢的休憩地點。葉英三和我再三討論的，是在開發過程中，如何保存澎湖的特色，好讓外來的旅人感到賓至如歸，享受之外，也能喜歡澎湖、珍惜澎湖。這眞是個深度話題、生動主張和艱難的挑戰。

空中小姐端來飲料，她看見我胸前的陶瓷天人菊，眼睛一亮，「好漂亮的胸章。」她走向機尾，又踅回來，說道：「我可以用一條領帶和你交換嗎？」我搖頭，說道：「它是治療我思鄉病的特效藥，我要隨身戴著。」

「你眞幽默，」空中小姐笑道：「下一趟班機，我自去摘一朵。」

我不相信她能摘得起來。我看向圓窗外，眞的又望見千萬朵的天人菊，在高低起伏的坡地上，三兩頭黃牛悠閒地漫步，還有一群人在屋頂上向我招手，我知道他們是誰，我知道。

作家與作品

我拔起一朵天人菊，插在大芒果的竹籬上，起身往校門走去；像個第一次上學的孩子，興奮裡有惶恐，惶恐裡有更多的期待。

明知中秋節放假；空盪盪地校園不見人影，只有幾隻留守的土狗走動；我，卻步步小心，彷彿下一步，轉過一個走廊，便會赫然看見自己的年少，和二十年前的自己，撞個滿懷。

土狗跟著我，一間間教室去巡視。

三排教室，一間都沒減少，似乎也看不出老舊，只是屋角的稜線被風沙吹得圓滑了，走廊方正的石柱變成了圓柱。我回到二十年前的教室，貼著窗玻璃探看：換新了的黑板，擦拭得乾乾淨淨，黑板邊寫著中心德目：勤儉。值日生：陳進通、林滿載（大頭載）。

我那靠窗的座位，不知坐了什麼樣的少年？大概也戴眼鏡，才選了光線最明亮的窗邊；這窗縫總是關不緊，細沙迂迴地鑽進來，擦也擦不完，這少年大概也有這煩惱吧？

—摘錄自《再見天人菊》第四章

⬆一九五九年，小學一年級開學典禮後，攝於花蓮故居後院。
⬅一九七三年，穿一件紅衣和友人共騎機車漫遊花東海岸時攝。我喜歡「有方向、沒目的」去作隨興遊。
⬇一九九二年四月，再訪澎湖群島。

↑一九九四年宜蘭玉田村。貼一張紅紙，掛一捲旗幡，寫上「奉茶」兩字，表示敬邀呈奉。

↑一九九六年十月。就算走路這樣的平凡小事，也包含了各種可能的選擇。

↑一九九九年新春，李潼全家訪許建崑於台中東海大學內雅舍。二人亦師亦友近二十年，一擅創作，一精理論，常收切磋之功。

⬆一九九九年九月，攝於台灣石門水庫。剎那間留影，捕捉的剎那心情，若能定格爲一則永恆，特別是美善的情愫，該多好。
➡一九九九年七月三日生平首次和彌勒佛合影。隔天，一位好友竟迢迢送來一尊木雕彌勒佛，不能不說奇妙。
⬇一九九九年九月，攝於台灣桃園巴陵山區。能笑且笑是福氣；不能笑，還能笑得出來，是功夫，是能耐。

寫作時發呆的爸爸

⊙賴以寬

感受故土的情懷和人性的魅力

孫建江
（兒童文學評論家）

對於一部作品，職業批評家往往更關心它的「深度」，而普通讀者所關心的則一定首先是作品能打動自己。如果讓我在兩者之間做一個選擇，我會毫不遲疑地選擇後者。

我得承認，我被《再見天人菊》這部作品深深地打動了。這是一部讓人難以釋懷、回味良多的優秀作品。

說來，這部作品反映的並不是什麼驚天動地的重大事件，也沒有什麼大起大落、大悲大喜的場面。整個故事所講述的只是一次同學會——七位國中同學，相約在二十年後的中秋之夜回母校和他們的老師相聚（兩位同學因故未到），並由此引發了對往日校園生活的懷念和感慨。換句話說，作品所講述的全是普通人的普普通通、平平常常的故事。——然而，也正是因為「普通」和「平常」，它才顯得親近、溫馨與感人。

大凡同學會的故事，多離不開時間和空間因素的介入，這部作品也不例外。這裡的時間因素自然是「相隔二十年」，而空間因素則是聚集地澎湖至加拿大等地的距離。這些時空因素構成了整個故事賴以展開的背景，這當然重要。但更重要的是，透過這些時空因素，我們可以明顯感受到作品主人翁強烈的情感指向。這一情感指向就是：無法忘卻！

無法忘卻——無法忘卻故土。

陳亦雄雖然身在加拿大，但卻是永遠的澎湖兒女。他時刻也沒有忘記養育自己的澎湖。他爲家鄉的古代文明而自豪。當考古隊在家鄉發掘出宋元瓷器時，他引以爲榮，但並不陶醉。他心裡明白，歷史的文明並不代表今天的輝煌。一如陶藝老師「姊夫」所說：「先民曾在這裡開創了文化歷史，我們更有信心去創造屬於現在、屬於這一代的歷史。」他爲家鄉的落後和貧瘠而惋惜與難受。而對嚴酷的現實，他的心在「傷悲」：「我們的水是鹹的，也眞有些苦澀的味道。我們的土地貧瘠，眞的長不出豐富的農作物。東北季風一颳半年，就算城牆似的木麻黃和硓砧石也阻擋不住……」但這並不影響他對家鄉情感的認同。二十年前，他在課堂上理直氣壯地糾正地理老師對澎湖的片面看法，被「請」出教室，讓人記憶猶新。二十年後，他重返故土，在船甲上不停地吸著「鹹海味的海煙」；在飛機上貪婪地俯瞰遍地盛開的天人菊（其實肉眼根本看不到，但陳亦雄能「看到」，因爲天人菊開在他心裡）。而這一切，都是因爲他是「澎湖人」。

當然，無法忘卻的還有他留在家鄉的老師和同學。依然執教的「姊夫」、

「姊姊」，為民衆請命的葉英三、快樂的公車司機林賓、勤儉的餐館老闆罔惜……

無法忘卻——無法忘卻友情、善良和彼此的理解。

說實話，這部作品最讓人動容的地方，還是作品中瀰漫著的人性光澤和力量。七位同學原本並非個個「良好」，他們彼此之間也沒有太深的了解。葉英三就曾是一個自暴自棄、不求上進、讓老師同學頭痛的學生。但是，是製陶老師「姊夫」的陶藝工作室使他們走到了一起，是學習製作陶藝的過程使他們加深彼此的了解。在陶藝工作室，他們得到了心志的磨礪；他們學會了等待，學會了彼此的體諒與合作，學會了用心去思考與觀察。為了不使「姊夫」傷心，他們一直向「姊夫」隱瞞不慎打破筆筒的事（這是「姊姊」退還給「姊夫」的禮物）；為了製作自己喜愛的陶品，他們不惜一次次返工，一次次重塑；看到自己的陶品出爐，他們又是那樣的欣喜若狂。當然，他們在「姊夫」身上學到了很多很多。

「姊夫」最終沒能與「姊姊」成爲夫妻，但這並不影響他們之間的美好感情。「姊夫」後來重新製作了一個筆筒，他說：「破了就破了，連綴不起來的，再捏塑一個，是爲了留下紀念。」這份理解與寬容，對少年人心靈的潛移默化作用是巨大的。人生不可能沒有遺憾，但重要的是我們如何面對它。正因爲如此，陳亦雄格外珍惜二十年前與同學老師相聚的友誼和緣分；也正因爲如此，陳亦雄十分想念二十年後未如期赴約、已剃度出家的春華。

是啊，無法忘卻！

無法忘卻——無法忘卻故鄉的原野上一片片盛開著的美麗的天人菊……

一九九九年十二月二十六日　杭州青春坊

故鄉的呼喚

張子樟
（國立花蓮師範學院語教系教授）

一

以離島澎湖爲背景的文學作品一向不多，兒童文學更是少之又少，因此，李潼的《再見天人菊》就顯得特別珍貴。對於離開家鄉澎湖多年的筆者來說，閱讀這本少年小說等於夢回家園，重返少年時代。

澎湖地貧瘠，雖有豐富海產，農作物卻不夠養活當地居民，又無工廠，生活十分艱苦。年輕人除了擔任公職與教職，別無去處，多半只能離鄉他去，另求發展，這是澎湖人口始終不超過十萬的主因。近年來，由於外力的衝擊及觀光的需求，原本純樸的澎湖已逐漸失去本色，讓熱愛原鄉的人扼腕不已。這本小說是種追憶，記錄的是還沒有沾染時代惡習的樸實澎湖。

二

李潼以旅居加拿大多年的澎湖人陳亦雄爲敍述者。他的返鄉之行，爲的是赴二十年前約定的聚會。從他的回溯中，我們彷彿見到了一群熱愛家鄉的青少年，在長滿天人菊的坡地上奔馳著。天人菊象徵了澎湖人與大自然搏鬥的堅忍毅力。故事中的「姊夫」與「姊姊」始終沒有放棄在故鄉培育家鄉子弟的工作，也是這股精神支撐著。

故事的凝聚點是「姊夫」的陶藝工作室。他找來的七位「學徒」，並非以學業優劣爲取棄標準。他的說法是以「潛力」爲標準。但讀者可以了解，他實際上是要以製陶過程需要的耐心毅力來磨鍊七人的心志。他讓他們自由來去，離去的他不勉強追回，但留下的必須接受約束，所以他痛責葉英三的自暴自棄，終於使這位讓師長頭痛、行走善惡邊緣的「不良」少年猛然回頭。

每年九月後，澎湖便進入季風期，海上波濤洶湧，陸上風沙狂吹。在如此惡劣天候下生存的海島子民，每個人都有一段不欲人知的心酸故事。少年十四、十五時，齊聚一堂，共享青春，但歡樂歲月短暫，終究還是得各走各的路。人生本來如此，相聚是種緣分，如何珍惜得來不易的緣分，全看自己如何拿捏。二十年後，滄海桑田，人事全非，當年七位「學徒」只來了五位，一位早已遁入空門，一位成爲名歌星，只能在電視上向老友問好。「姊夫」並沒有感覺懊惱或惋惜，依舊豪情萬丈，相約二十年後再聚。陳亦雄準備親自走趟佛光山，將「姊夫」的禮物帶給削髮爲尼的春華。只是不知這兩位二十年前曾存有情愫的青梅竹馬，見面後是哪般情景？

三

李潼充分利用澎湖的天然環境，營造感人的背景。漁船出海情景，海豚潛水騰空，吉貝島上的銅鐘與木魚，再加上山坡上豐茂的天人菊、硓𥑮古牆、「姊夫」的陶藝工作室，無一不是作者用心塑造的情境，使得故事進行更加順暢。宋教授與林教授的考古詮釋，在時空上凸顯了澎湖開發的歷史地位，使得書中的每位青少年體察自己故鄉的重要性。「姊夫」對於古物意義的深入探索，更促使這些學子開始關心和了解自己的家鄉。用故事敍述，作者緩緩將澎湖的歷史與人文灌輸給讀者。

作者對於角色刻畫也是十分用心。以「眼鏡」陳亦雄爲主要敍述者，因此許多篇幅都在描寫他的心理轉折。他在課堂上反駁地理老師對澎湖的不公平批評，與聽到全家要移民加拿大的情緒激動描繪，把一個十五六歲少年人的矛盾心理寫活了。然而，作者並沒忽略配角。「姊夫」的言行，實際上是對學子的最佳身教。林賓與葉英三的刻畫更值得激賞。林賓無父，葉英三失母，但兩個人的外在表現卻截然不同。林賓樂觀，不怨天尤人，即使人入中年，亦復如此。葉英三保護自我心態強，不太肯接納別人，想以耍太保的方式給自己外加一層保護膜，被「姊夫」狠狠修理一頓後，終於回歸正途。春華、罔惜、阿潘、湘貞的性格顯得比較模糊，但讀者仍可約略揣摩他們的個性。二十年後的聚會是每個人個性的再次展現。個個發揮所長，依然一片純眞。一向讓學生尊敬的「姊姊」與「姊夫」，依然固守教育崗位。不論是當上教授的陳亦雄、快樂公車司機林賓、開自助餐館的罔惜、為民喉舌的英三和湘貞夫妻、當上歌手的阿潘或者上山修行的春華，都皆有所歸，友誼永存，絲毫不受世俗職業高下的浮飾虛無觀念的影響。

四

在這本寫實作品中，李潼並不想避開殘酷的現實，而塑造王子公主般的虛無幻覺。試想，生活在近乎不毛之地的島上，人人日日為三餐努力拚鬥，烏托邦式的描繪虛構也就沒什麼意義了。「姊姊」與「姊夫」未能結成夫妻，只能埋怨彼此緣分不夠；二十年後的聚會無法全員到齊，在在說明人生中的不美滿之處。全書隨著「眼鏡」的追憶與眼前浮現的一切，使讀者感受到一股深沉憂鬱無奈的沉重壓力逐漸逼近。書中每位角色都有苦處，都有解決不了的難題。但李潼並不想把它寫成悲劇式的鬱悶作品。他在敍述現實的殘酷現象時，仍舊不忘點燃希望的火把，照亮每顆日趨晦暗的心靈，讓讀者看到人生的光明面。

多鏡、變焦，拉出時空鑑眞情

許建崑
（台中東海大學中文系副教授）

在小學作文課中，老師總會讓我們寫「我最要好的朋友」，大家都非常興奮。甲同學站起來，指著乙同學說：「我要寫你！」乙同學想了想，回應了博愛精神，說：「我要寫全班同學剪影！」

熱鬧、多情與專注，仿如昨夜才發生的事情，但如果閉起眼睛，要仔細想想童年好朋友的姓名、風采，除開一兩位「死黨」之外，什麼都忘了。這就是單一觀點，平面描寫，由於時間久遠，變得模糊的緣故吧！李潼或許也有這樣的遺憾，所以他憑著澎湖服役時的印象，爲自己創造了「童年故鄉」，那裡的天人菊搖揚在燦爛的時空裡。

陳亦雄，一個澎湖長大的孩子，隨著父母遷居台北，再移民加拿大溫哥華，二十年後惦記著約定的同學會，千里迢迢返回故鄉，也因此揭開《再見天人菊》的序幕。

鏡頭從輪船遠離高雄碼頭拉動，重疊著二十年前離開澎湖的模糊景象，同時跌入浩渺的大海。然後再從海中浮出點點島嶼，拉近一條長長的海岸線，模糊的記憶與鮮明的馬公景象、燈塔，以及飛行中的海鳥，瞬間聚合在視網膜上。二十年前的同學瘦子林賓變成了大胖子，帶著孩子來港口歡迎。陳亦雄先回到童年的學校，走入一片天人菊的坡地，也從記憶裡喚回了童年時光。鏡頭加上了橘黃澄亮的顏色，頑皮惹事的一群孩子，被共同處罰的往事歷歷在目。陶老師找了他們七個同學加入陶藝工作室捏陶的甘苦情境，像一張張定格圖片：孔武有力的葉英三拒絕馴服，篩不乾淨的泥中有割裂指頭的玻璃，疼惜同學受傷的陳湘貞的淚容，生氣的陶老師摔破胡搞瞎搞的泥胚，不小心摔碎姊姊老師退回陶老師的陶藝筆筒，也都活現在「鏡頭」裡頭。到吉貝嶼，陪同台大考古隊挖掘宋代陶瓷片，是大夥兒難忘的經驗。當場景逐漸昏黃，夜幕攏來，熊熊的營火燃起，藍黑色的天幕彷彿是熠熠閃亮的天鵝絨。鏡頭拉近海灘上夜宿的大夥兒身上，好美麗、好溫暖的感覺！數百年前的澎湖開發史，從台大宋教授的口中道出，親切而鮮明，彷彿發生在昨天；再透過陳亦雄的眼睛，看見海上點點漁火，數百年前的船舶似乎就開到了跟前。而林賓連夜學習黏補陶瓷片的技術，讓人忘不了他打破陶瓷筆筒時的慌亂。被膩稱為「姊夫老師」的陶老師追慕剛從師專畢業的「姊姊老師」，到底有沒有結果？同學之間似有若無的情感，是否也有美麗的結局？

懷著許多未解的謎題，在二十年後的黃昏，陳亦雄穿過銀合歡樹叢，一群十三、四歲的少年少女在陶藝工作室後的營火旁玩耍，一如過去的情景。今昔交替，快速的鏡頭轉接。孩子們中間有些似曾相識的神采，原來是老師、同學們各自成家，各自養育長大的孩子，又聚在一起揑陶。個性暴躁的葉英三幡然改變，和陳湘貞結婚了，當上稱職的縣議員；林罔惜早婚，有三個孩子了。罔惜的表弟，那個頑皮的功夫小子，居然當了台大宋教授的學生，畢業後，回到吉貝國中教孩子再去考古。缺席的兩人，阿潘在歌壇發展，藉著電視節目，爲老友的聚會唱了一首「再見天人菊」；而吳春華，一個善體人意的女孩，十年前到佛光山剃度出家。陶老師送給每人一朵陶瓷天人菊。葉英三爲阿潘收下；吳春華的，陳亦雄要爲她送去佛光山。

故事結束的時候，陳亦雄搭乘波音七三七離去，空中小姐喜歡他別在胸前的陶瓷天人菊，願意以一條領帶來交換。他拒絕了，他讓空中小姐也想望自己去摘一朵天人菊。於是，陳亦雄從飛機的圓窗孔努力瞻望，他眞的看見了滿山遍野千萬朵盛開的天人菊。當飛機、澎湖島和讀者的眼睛都被天人菊蓋滿，那種橙紅鮮亮的感覺，又何等壯闊！

多鏡頭的運用，以及不斷的變動焦點，是李潼這篇作品感人肺腑的主因。如果寫同學情誼，對離鄉遠去的朋友依依不捨，充其量只是篇動情的散文小品，缺乏情節。李潼選擇二十年後主角長大成人，來省視童年情誼，就有了冷靜觀照、今昔對比、情誼雋永的延伸效果。他著墨童年學校生活與陶藝教學，其中暗藏著人生與道德學習的議題。分別二十年之後，每個同學的際遇不同，發展各異，但也更懂得相惜相愛的道理。「努力愛春華！」是陶老師早期給他們的留別良言，要他們珍惜年少時日；但也有意思暗示主角陳亦雄，應該「把握自己對同學吳春華的感情」。在滾動的時光中，人生總總又豈能盡如美意？鏡頭又轉到新生的一代，依然在陶藝教室裡來陶冶自我。這一連串人生的循環鍊鎖，永無止境，卻又幻化異常，又有誰能掙脫無視？

為了強調人生的亙古與無常，故事的背景澎湖矗立著不變的島嶼、燈塔與飛行的海鷗，同時也描寫了變化中的港口與街景。再向前瞻望，七、八百年前先民已經來到澎湖群島，留下許多足跡；這與故事中主角的離去，做了「二十年後相會的情約」來比較，又有一個更遙遠的情感牽繫。

多鏡、變焦，拉出時空鑑眞情。在李潼筆下，七個孩子尷尬的年少，歷經歲月的淘洗，琢磨出珍珠般的亮光，將永遠述說著人間的友誼與情愛。

再去桃花源的清流擺渡

——回憶我們的男儐相李潼

許茗棠

1.

李潼是阿條在十三歲就認識的朋友，我和阿條談戀愛時才被夾帶地認識他。晚婚的李潼，後來成了我和阿條婚禮上俊逸的伴郎，這一回，他是我們這一家老少少熟識二十週年的老朋友；這篇「回憶錄」，眞有點「週年慶」的意味。

李潼的健康、才氣、熱情、霸氣、溫文、奮戰不懈的堅持以及迷糊，我們當年和他短兵相接、近身拚搏，所以享受最多也受害最深。

李潼這個人看起來頭腦清楚、思辨明晰而且自信滿滿，其實，這樣的人一旦糊塗起來，威力加倍，常讓人驚心動魄，甚至可能抱憾終生。

就說他當超級伴郎兼攝影師的那次表現吧！

我和阿條都是打定一輩子只結一次婚的古典派人物，這樣的婚禮流程紀錄和戶外婚紗留影，於是變得非常重要。那時的李潼，除了紙筆不離身，另一項重要配備就是照相機。我們雖難得看到他的攝影作品，但「人家沒事東拍西照，樣子又這麼專業，我們的世紀婚禮影像交給他全權處理，還會錯得了？」何況他是男儐相，又對這攝影任務表現得這麼有信心、這麼義不容辭，我們當然要信得過人家。再說，不管哪一種宗教婚禮，佛教交代「信願行」，天主教提醒「信望愛」；所以相信、迷信或信任是很重要的，也是一種基本禮貌，我們豈敢懷疑？

天可憐見！雙重任務的李潼，竟將我和阿條從凌晨忙累到夜半的「婚禮全程」統統留白：事不論大小，人不論主從，在他的相機裡統統給它看不見。

之前我聽他解說分析，如何才能成就一張出色的照片，心中滿溢幸福快樂並向上蒼謝恩千次，誓願遵守李潼大師的行前指示。在荷衣翻飛的南海學園，人比花嬌的旖旎巧笑；在朱紅亭柱倚君回眸的風情萬種；在家門拜別父母的盪氣迴腸；還有新娘子不可免的所有美姿和禮儀，怎麼都不見了？（李潼注解：事隔二十年，仍不確知那十捲底片怎會有志一同的不顯影。）

這種事，能像戲劇演出一樣從頭來過嗎？能把那百來位親友賓客師長鄰居和路人甲乙丙丁統統找來？天啊。

我和阿條的人生最珍貴的一天，只留下我們可愛的朋友李潼無辜的、沒心眼的傻笑，和他令參與策劃的眾家兄弟姊妹又氣又好笑的閃亮白牙。

2.

阿條年輕時有一部少見的重型機車，常和李潼結伴出遊。有一次，兩人到花蓮，直下花東海岸公路到秀姑巒溪出海口的長虹橋漫遊。此地山光水色迷人，別有洞天，他們攬勝忘憂也罷了，居然都忘了今夕何夕；李潼得在特定時刻趕搭唯一班車北返，以趕上某一件可能影響終生的大事（迄今仍未解密）。

當他們追風趕日地趕回花蓮公路局車站（當時沒有北迴鐵路），差一點就趕上！但畢竟沒有。於是，那部載著兩名大漢的重型機車，又換檔加足馬力去追車。據說在二十里外的新城追上那支壯觀的車隊之前，阿條和李潼的表情都十分冷靜（也就是瀟灑加上嚴肅的酷）。他們追車辨認車號，各車旅客探看的表情則是十分溫柔（也就是不解加上驚駭的納悶）。阿條全力掌控龍頭和油門，李潼負責向該車的「金馬小姐」（隨車服務員）表白、交心和擠眉弄眼，懇求上車。誰知該車司機竟愈駛愈快，該「金馬小姐」的神色也由好笑、不要命、無聊到神經有問題，及至不睬你，戲弄得李潼沒休克。

也是天可憐見！金馬車隊終於在太魯閣險峻的隘口停下。李潼成功地趕上車，不禁陶醉在化險爲夷的喜悅中，阿條則在車外豎拇指，慶賀任務圓滿，主要是太佩服自己。不過，最爆笑的是，李潼的一干「非常重要的行李」並沒跟著上車，而且輾轉傳遞，直到七天後才物歸原主；有這等糊塗事！

3.

李潼的辯才、豐富詞彙及緊抓議題核心的能耐，我們早有見識，但恐怕只有少數同他親近或他在乎的朋友，才有機會領受他奮戰不懈的堅持（絕非死纏爛打那種不入流的格調，眞的）。

二十年前，又一個暢談文藝的午后時光，一夥文藝青年再起文學觀爭執。五六人先由各佔立場的說服，到引經據典的對壘，近而抨擊與招降的合縱連横，總之個個全神投入的「坐疑情、參話題」以長智慧；儘管保持某種風度的談笑，也不容有人迴避地敷衍兩句。這直來直往、衝進鑽出的不亦快哉中，我家的唯一不鏽鋼茶壺早已沸騰，水蒸氣冒了一廚房，乾一半，又全乾了，燒紅了，又瀕臨融成一塊純度精良的好鐵。是啊是啊，爲了眞理愈辯愈明，誰管它！我和阿條的新居，有李潼在，絕無冷場，但若房子著火，我們當然也要唯他是問！

李潼一定不相信，記憶中最令我感動的是有一年，他在我家表演的一道「地瓜粉蒸肉」。這道菜的絕佳風味自不在話下；李潼洗手作羹湯的獨門祕功、手到擒來的高效率和指揮若定的冷靜，一如他的寫作過程，難得公開。難忘的是當時的平凡男子仍受「君子遠庖廚」封建餘毒所害時，李潼那實習中的新好男人超凡形象，何其動人？

我和阿條新婚之初，一時有經濟上的困難，我們不經意透露後，李潼二話不說，即刻將他打算購置全套高級音響的一萬元借給我們，解燃眉之急。雖然我們很快地原數奉還，但這筆錢在當時也算個數目，他只憑一句話便慨然相借，而且徹底忘了這件事，這在我們心中，他又有了俠骨英豪的樣貌。

4.

李潼服役海軍，是上蒼對他的寵愛，因青年李潼浪漫的情懷和初生之犢的壯志，很適合這乘風破浪的生活。阿條知他喜好讀書，常到牯嶺街搜購大批文學舊書寄到海上給他：梁啓超的飲冰室全集、過期的書評書目、整套的年度小說選……這些作品餵養了李潼如海綿吸水般的求知慾，讓他在飄泊的軍艦浸淫的是文學海洋。多年以後，對於作家李潼，我們竊喜自己陪他走過一段文學之路，以及同樣的土地、空氣、陽光和水，同樣的吸收，而我們卻長不出文學之果，不禁也有遺憾。

李潼的作品，永遠是我們家中藏書「陽光最燦爛」的一角。他的五十多部作品，即使寫的是人性的幽微處，我們也能感受他字裡行間流露對人生的寬容與悲憫；以他敢愛敢恨、熱切擁抱人間的態度，縱然在作品中揭露人生有時的荒謬或無奈，也仍是充滿天眞與純摯。這樣的光和熱，讀他的作品與讀他的人，是一樣的。他的赤子之心，從未因現實生活的移轉而褪色，有幸成爲他知心友伴的人，當可體會。而做爲他的少年讀者，甚至成人，亦可在書中讀出盎然興味，並在不察的情況下受到鼓舞。

李潼對人生總抱持著歡喜和好奇，我們視爲當然的事，他卻抱著探究的心去尋找過程和答案，所以他的作品既典雅又有新意，既深刻又有趣；文如其人，人如其文，對他是所言不假。他不動聲色地幫助朋友，扶持弱小，抨擊奸壞，並慷慨釋放他的愛，都不求回報、不計後果，若有人能成爲他最在乎的朋友，時常與他親近，這人是幸福的。

二十年過去了，我們一家老少，三、五年才和李潼聚首一次，但總也不生疏。因爲年輕時共創的種種趣事、驚悚和碰撞，塑造了我們生命中的桃花源，只要輕啓山門，踏上幽徑，耳目都甦醒，都會清涼起來。

插畫者素描

閒雲野鶴近照。

閒雲野鶴——無可救藥的完美主義者

汪淑玲

閒雲野鶴不姓閒（當然，你聽過有人姓閒的嗎？）他的本名叫周嘉成，只不過當大家習慣用他的筆名稱呼他以後，記得他本名的人反而不多了。

閒雲野鶴認爲自己個性木訥，不擅言詞，也不太會說笑話，只是對於他小時候鬧過的笑話，卻記得很清楚。他說，有一次好不容易求得父親帶他參加寫生比賽，會場上父親努力的幫他張羅一張又一張的畫紙，而他也很認眞的畫了一張又一張的圖，但是最後這些畫通通被他帶回家，一張也沒交出去，因爲他實在找不出一張令他滿意的圖！而在回家的途中他手中拿著圖，眼睛卻不時的偷瞄父親那難看的臉色。

雖然大學時念的是水利工程，但是畫畫才是閒雲野鶴的最愛。為了畫畫，他當過漫畫家的助手，也曾經失業三年。直到聯合報刊登了他投稿的插畫作品，他才終於找到了發表的舞台，那一年是1996年，也是閒雲野鶴繪畫生命中最重要的一年。

閒雲野鶴說早期他喜歡用鉛筆畫圖，享受鉛筆的線條之美，但現在水彩已經成為他十分主要的創作媒材，因為他覺得水彩可以使畫面更豐富、更有變化。現在，閒雲野鶴寫實而充滿水墨趣味的繪畫風格，受到許多人的喜愛與肯定，面對各方的約稿，他有著沉重的稿壓，偏偏自己又是個完美主義者，每一張圖總是一修再修，直到滿意為止。於是，在他家不只抽屜裡的稿件越堆越高，就連催稿的電話也越來越多。

對於未來，閒雲野鶴不只要畫插圖，還想自己創作一本圖畫書，用自己的彩筆畫出自己想說的故事。不過，現階段他得先擺平各方的催稿才行。

李潼作品集

再見天人菊

2010年4月初版 定價：新臺幣240元
2020年11月初版第八刷

著者	李潼
叢書主編	黃惠鈴
美術設計	吳鴻富
	王儷穎

出版者	聯經出版事業股份有限公司	副總編輯	陳逸華
地址	新北市汐止區大同路一段369號1樓	總編輯	涂豐恩
叢書主編電話	(02)86925588轉5313	總經理	陳芝宇
台北聯經書房	台北市新生南路三段94號	社長	羅國俊
電話	(02)23620308	發行人	林載爵
台中分公司	台中市北區崇德路一段198號		
暨門市電話	(04)22312023		
台中電子信箱	e-mail：linking2@ms42.hinet.net		
郵政劃撥帳戶第	0100559-3號		
郵撥電話	(02)23620308		
印刷者	世和印製企業有限公司		
總經銷	聯合發行股份有限公司		
發行所	新北市新店區寶橋路235巷6弄6號2F		
電話	(02)29178022		

行政院新聞局出版事業登記證局版臺業字第0130號

本書如有缺頁，破損，倒裝請寄回台北聯經書房更換。 ISBN 978-957-08-3568-7 (平裝)
聯經網址 http://www.linkingbooks.com.tw
電子信箱 e-mail:linking@udngroup.com

國家圖書館出版品預行編目資料

再見天人菊/李潼著．初版．新北市．
聯經．2010年4月（民99年）．272面．
14.8×21公分．（李潼作品集）
ISBN 978-957-08-3568-7（平裝）
[2020年11月初版第八刷]

859.6　　99002755